KB197052

그의 집을 향하여

그의 집을 향하여

My Footsteps Toward That House

김복순 지음

내가 했으니 여러분도 할 수 있습니다

뒤뜰에서 나무와 꽃 들을 키우면서 많은 시간을 보낸다. 그러면서 나무와 다년생·일년생 꽃들의 수명 주기를 관찰할 수 있었다. 또 다람쥐, 집도마뱀, 달팽이, 그리고 다른 작은 곤충들과 근래에 와서는 뱀까지 수명 주기를 관찰했다. 모든 창조물은 각자의 수명 주기가 있다. 각 창조물은 자기만의 수명 주기대로 살아간다.

모든 창조물은 주어진 생명을 사는 동안 또는 삶의 마지막에 자기 종족을 보존하기 위한 준비를 한다. 각자 씨앗과 뿌리, 또는 알과 새끼를 남기고 죽는다. 다음 세대를 위한 종족 보존을 못할 경우 그 창조물은 멸종하게 된다.

미국 텍사스주 휴스턴은 여름철에 무척 뜨거운 가뭄이 든다. 달팽이는 남은 수분으로 살아남기 위해 껍질을 투명하고 얇은 막으로 덮는다. 이것은 생존을 위한 최후의 수단이다.

나는 뒤뜰에서 말라 죽어버린 달팽이의 빈 껍질을 본다. 그러나 그런 일이 일어나기 전 달팽이들은 이미 어느 깊은 곳에 알들을 숨겨 놓는다. 가뭄이 끝나고 비가 오면 곳곳에서 아기 달팽이들이 기어 나온다. 이렇게 하면서 달팽이들은 지구상에서 수만 년을 살아오고 있다.

인간도 예외는 아니다. 다른 창조물들처럼 각 개인은 자신의 수명 주기를 살고, 인종을 다음 세대에 물려주게 되는 의무를 가지고 있다. 한 인간의 수명 주기는 이렇다. 출생, 부모의 지도와 교육 기간, 결혼, 가정 꾸리기, 질병과 신체의 결함, 죽음…. 각 개인은 자신의 인생을 사는 동안 행복과 번영을 추구하고 다음 세대에게 좀 더 나은 삶, 나의 삶보다 더 나은 삶을 물려주게 되는 의무를 가지고 있다.

70대 중반에 들어선 나는 나 자신의 수명 주기, 또는 나의 인생 여행을 마치는 지점에 와 있다. 나는 내가 살아온 인생 체험을 나누고 또 다음 세대에 전하고 싶다. 나의 이야기는 위대한 업적의 성취나 성공에 관한 것이 아니다. 나의 이야기는 직장을 갖고 평생 가족을 부양하며 살았던 평범한 사람의 발자취다.

나는 평범한 사람이었으나 나의 고통만은 평범하지 않았다. 내가 겪은 고통은 나에게는 너무 힘들었다. 왜 하필이면 나일까? 나는 이 세상에서 가장 고통받는 사람 같았다. 더 이상 살고 싶지 않았고 더 이상 살아갈 힘도 없었다.

나중에 나는 다른 사람들도 저마다 숨겨진 아픔과 고통이 있는 것을 보았다. 아마도 이 세상을 살아가는 모든 사람도 내가 겪은 고통을 안고 살아가는 것 같다. 나는 그들에게 나의 이야기를 통해 위로와 격려를 드리고 싶다. 그들이 내가 어떻게 극복했는가를 알게 되면 그들도 자신의 어려움을 극복할 수 있을 것이다.

나의 인생 이야기는 특권이나 호화스러운 것과는 거리가 멀다. 아주 어렸을 때, 나는 우리 부모님과 가족이 가난하다는 것을 알게 되었다. 아무것도 없는 환경에서 살아남는 법을 배우며 생존자로 살아가야 했다. 나는 이 책을 읽는 독자들과 다음 세대에게 빈손에서 승자가 되는 길, 흙바닥에서 일어서는 길, 이루지 못한 꿈을 이루는 길을 말해주고 싶다. 내가 그렇게 했으니 여러분도 할 수 있을 것이다.

나에게 전화를 걸어 내가 세 번째 책을 쓸 것이라고 말해주신 에스더 김 선교사님께 감사드립니다.

초기에 쓴 4챕터의 원고를 읽고 이 책을 쓰도록 격려를 해주고 영문판 출판을 맡아 수고하시는 크리스 월터Chris Walter님께 감사드립니다. 이 책의 표지와 제목을 도와주신 홍영사의 홍영철 사장님께 감사드립니다. 내가 쓴 글을 읽고 출판을 격려해주신 존 리 목사님께 감사드립니다!

2024년 9월 4일

휴스턴에서 김복순

차례

마음의 아름다움만이 진정한 나의 소유가 된다.

내 마음의 아름다움은 나와 영원히 함께한다.

그것이 나의 영원한 모습이다.

인생의 값어치는 많은 것을 움켜쥐는 것이 아니다.

순수한 마음으로 옮겨가는 그것이 인생이다.

우리는 평생 동안 그렇게 할 시간이 있다.

1

3명의 스토커 정리

스토커들로부터의 체험은 인생 전반에 상처와 긴장감을 준 것 같다.
그래서 그런지 혼자 있을 때 가장 편안한 안정감을 느꼈다.

스토커 #1 — 고향에서 ①

스토커 1에 관해서는 나의 첫 번째 책 〈나는 저자에게 물었다〉 2장에서 언급한 바 있다. 거기에는 줄거리를 간략히 적었는데, 이제 그 이후에 있었던 이야기를 쓰기로 한다.

나를 강제로 붙들어 간 사람으로부터 간신히 벗어나 산속으로 도망친 나는 정신을 차린 뒤 친구가 남동생들과 자취하며 살고 있는 집으로 갔다. 한겨울의 추운 밤이었다. 친구는 따뜻한 방 아랫목에 나를 앉히고는 이불을 겹겹이 덮어주며 얼어붙은 나의 몸을 녹여주었다. 그제야 비로소 안전함을 느졌다. 온몸이 사시나무처럼 떨렸고 윗니와 아랫니가 덜거덕거리며 소리를 냈다. 술냄새를 풍기는 내 몸은 온통 흙먼지와 긁힌 상처와 멍으로 뒤덮여 있었다.

간호학교 기숙사의 규율은 엄격했다. 저녁 8시에 출입문이 닫혔고, 이내 사감 선생님의 점호 시간이 이어졌다. 모든 학생은 복도 양쪽에 늘어서서 인원 확인 후 10분 정도 사감 선생님의 훈계와 주의 사항을 들었다. 그 뒤 학생들은 각자 방으로 가서 밤 10시면 불을 끄고 침대에 누워 있어야 했다. 그러면 사감 선생님은 방마다 돌아다니며 학생들이 제대로 취침 준비가 되어 있는지 일일이 손전등으로 비춰가며 확인했다. 가끔 학생들이 강의실에서 수업을 받고 있을 때 사감 선생님이 기숙사 방을 점검하기도 했다.

기숙사 안에서는 발소리가 나지 않도록 발끝으로 걸어야 하는 규칙도 있었다. 나는 곧잘 뛰어다니는 버릇이 있어서 사감 선생님으로부터 여러 번 지적당하기도 했다.

재학생 전원 기숙사 생활이어서 모든 학생은 저녁 8시 전까지 기숙사로 돌아와야 했다. 이 통금 시간은 절대적으로 지켜야 하는 규칙이었다. 학교에 다니는 내내 통금 시간을 어긴 학생을 한 번도 본 적이 없었다. 그래서 이 규칙을 어기면 학생에게 어떤 조치가 내려질지 몰랐다. 정학일까? 아니면 퇴학? 친구의 자취방에서 이불을 뒤집어쓰고 있으면서도 나는 기숙사로 돌아가야만 한다고 생각했다. 지각하는 것이 아예 들어가지 않는 것보다 나을 것 같았다.

친구는 내가 기숙사로 돌아가야 한다는 것을 알았으나 혼자서 사태를 수습할 수 없는 노릇이었다. 우리 가족에게 이 상황을 알리고 싶었으나 친구도 우리 집도 전화가 없었다. 친구는 그 한겨울 밤에 걸어서 우리 집까지 간 것 같았다. 내가 우리 집으로 갔는지, 부모님이 친구 집까지 오셨는지는 잘 기억나지 않는다.

밤중에 나는 부모님과 함께 기숙사로 갔다. 부모님은 그사이 꾸며낸 이야기를 사감 선생님에게 둘러댔다.

"복순이가 집에 들렀다가 얼른 기숙사로 돌아가라고 했는데도 말을 안 듣고 영화관에 간 모양입니다. 너무 늦어서 급히 나오다가 그만 얼음판에 미끄러져 저렇게 다쳤습니다."

졸업이 코앞에 다가온 상황이었다. 사감 선생님은 부모님의 사정 이야기를 듣고는 아무 처벌 없이 학교에 복귀하는 선처를 베풀어주셨다.

그 스토커는 한두 시간의 짧은 시간에 나를 고통에 빠트리며 인생을 망가뜨리려 했으나 주위의 여러 사람이 도와 나를 회복시켰다. 친구, 부모님, 선생님들, 그리고 또 하나님이시다. 그때 나는 하나님을 믿지 않았지만, 하나님의 보호하심은 이미 나와 함께하신 것이다.

졸업을 앞두고 학생 간호사로 병원에 나가 실습을 해야 하는데 그럴 수 없었다. 얼굴이며 팔다리에 온통 상처투성이였기 때문이었다. 선생님들은 나를 병원 실습 대신 학교 교무실에 남아 신입생 입학 원서 받는 일을 시켰다. 하루 종일 교무실 책상 앞에 앉아 있는 일이었다.

하루는 일을 보고 있는데 교무실 문이 빼꼼히 열리면서 얼핏 그 스토커의 모습이 보였다. 나는 자리에서 벌떡 일어나 총알같이 달려가서는 그가 들어오지 못하도록 온 힘을 다해 문을 닫았다. 그러자 그는 안으로 들어오려고 힘껏 문을 밀었다. 힘이 너무 세서 문은 금방 열리고 그가 교무실 안으로 들어왔다. 머리부터 발끝까지 매우 깔끔하게 차려입은 모습이었다. 그리고는 아무 일도 없었던 것처럼 말했다.

"그날 보니까 아무 말없이 가시던데요."

내가 떠나는 것을 알았지만 그냥 내버려두었다는 뜻이었다. 미안하다든지, 용서해달라는 사과의 말은 한마디도 하지 않았다. 자신이 내 몸과 마음과 영혼에 얼마나 큰 상처를 주었는지 전혀 개의치 않았다. 그가 왜 학교로 나를 찾아왔는지 의심스러웠다. 단정한 헤어스타일, 고급스러워 보이는 양복과 구두 따위로 근사하게 꾸민 자신을 보여주면서 새로운 이미지로 바꾸려고 찾아왔나?

그러나 이미 그의 악한 면을 보았고, 나에게는 도저히 회복할 수 없는 인간이었다. 어떤 죄책감이나 수치심 없이 뻔뻔하게 학교로 나를 찾아온 것은 하나의 위험 신호 같았다. 그로부터 완전히 벗어나야 한다는 경고로 받아들였다. 나는 졸업과 동시에 고향을 떠남으로써 그 일과 작별할 수 있었다.

바다에서의 작은 에피소드

바다에서 혼자 수영할 때면 가끔 나를 쫓아오는 남자들이 있었다. 전혀 모르는 이들이었다. 나는 주로 해변에서 멀찍이 떨어진 곳에서 수영을 해서 누군가 내 쪽으로 다가오는 것을 쉽게 알아차릴 수 있었다.

한 사람이 내가 있는 쪽으로 헤엄쳐 왔다. 그가 나에게 접근하려는 것을 금방 눈치챘다. 그는 자유형으로 빠르게 다가

왔다. 하지만 그는 나를 잡을 수 없었다. 바다에서는 아무도 나를 잡을 수 없다. 어느 누구라도 50미터쯤 헤엄치면 힘이 빠져 지치게 된다는 것을 나는 잘 알고 있었다.

50미터 이내에서 나를 잡지 못하면 상황은 나에게 유리하게 돌아간다. 그가 가까이 접근하면 나는 더 먼 바다로 달아나기 때문이다. 쫓아오는 자를 낙담시키면서 겁을 주는 전략이었다. 빠르게 수영해 오느라 이미 지친 상태여서 더 멀리까지 나아가기를 주저하고 포기하게 되는 것이다. 그러면 1시간은 더 여유롭게 수영할 수 있었다. 체면을 구긴 남자는 패배자가 되어 해변으로 돌아갔다.

내가 가장 좋아한 스타일은 오른편 옆으로 하는 수영이었다. 몸을 수면과 평행되게 오른편으로 누워서 오른팔과 두 다리로 물을 뒤로 민다. 오른팔은 배를 젓는 노와 같은 역할을 했다. 그러면 물 튀김도 없이 몸은 바다 위를 미끄러져 갔다. 이 수영법은 장점이 많았다. 무엇보다 스피드를 낼 수 있어 좋았다. 코가 수면 위에 있어 얼마든지 숨을 쉴 수 있고, 눈도 수면 위에 있어 언제든지 주위 상황을 살필 수 있었다. 거기다가 자유형보다 에너지를 덜 소모했다.

한번은 어떤 남자가 내 쪽으로 빠르게 다가오는 것을 알았다. 그는 매트리스 튜브에 배를 깔고 엎드려서 두 팔로 물을 헤치면서 내 쪽으로 오고 있었다. 참 어처구니가 없는 인간 같았다. 모든 스포츠에는 규칙이라는 게 있기 마련이다. 한 사람이 튜브 없이 수영을 하면 다른 이도 튜브 없이 수영을 해야 공평하다. 내가 맨몸으로 수영하는데 그는 매트리스 튜브를 타고 쫓아오고 있다. 이것은 마라톤에서 모두 발로 뛰는데 혼자 스쿠터를 타고 달리는 것과 마찬가지다. 스포츠맨십이 결여된 반칙이며, 그는 이미 패자다.

그때도 나는 더 깊은 바다로 달아났다. 그러자 그가 타고 있던 매트리스를 나에게 휙 던지는 것이었다. 나는 그것을 집어 도로 그쪽으로 던졌다. 그러고 나서 가만히 생각해보니 내가 혹시 물에 빠져 익사할까봐 염려해서 한 행동이 아닌가 싶었다.

나는 곧장 해변으로 돌아와 바위 위에 벗어둔 옷을 수영복 겉에 걸치고는 먼 길을 걸어 집으로 돌아왔다. 그리고 그 뒤 이야기는 언니로부터 들어서 알게 되었다.

매트리스 튜브의 사내는 바닷가에서부터 내 뒤를 밟아 따라왔다. 그가 우리 집까지 쫓아온 것을 몰랐다. 우리 집은 좁은 골목 안에 있었는데, 집 안을 기웃거렸던지 아버지에게 붙들리고 말았다. 그는 아버지의 손을 뿌리치고 골목을 벗어나 큰길로 도망쳤고, 아버지는 추격전을 벌였다. 결국 사내는 붙잡히지 않았는데, 언니는 모든 상황을 지켜보았다. 그 이후 언니가 말했다.

"얘, 그 남자 쫌팽이 같더라. 왜 너 따라오는 남자들은 다 쫌팽이냐? 상류층의 좀 멋진 사람 데려올 수 없니?"

언니의 말에 속으로 생각했다.

'첫, 나같이 가난한 처지에 상류층 사람을 어떻게 만나?'

매트리스 튜브 남자의 이야기는 이것이 전부다. 나는 기준을 넘는 정당하지 않은 마인드가 싫었고, 언니는 외모가 싫었고, 아버지는 그를 붙잡아 패주려고 하셨다. 그는 두 번 다시 우리 집 근처에 얼씬거리지 않았다. 그는 스토커가 되지는 않았다.

스토커 #2 — 고향에서 ②

간호학교에 다닐 때도 이따금 목포 앞바다로 수영을 나갔다. 학기말 시험이 끝나고 내가 반에서 수석인 것을 확인한 뒤 수영 가는 것으로 자축했다. 기숙사에서 해변까지 꽤나 먼

거리를 걸어서 갔다.

여느 때처럼 나는 해변에서 멀찌감치 떨어진 곳에서 수영을 했다. 내 주위에는 수영하는 사람이 아무도 없었다. 그런데 어느 순간 바로 옆에서 어떤 남자가 물속으로부터 불쑥 솟아올랐다. 그러고는 갑자기 내 손을 잡으려 했다. 아마도 내게 접근하려고 잠수해서 다가온 것 같았다. 하마터면 붙잡힐 뻔했으나 얼른 수영해서 먼 바다로 빠져나갔다. 그러자 그가 외쳤다.

"어이, 여기 물개 한 마리가 있네!"

그의 얼굴을 얼핏 보았는데 알 만한 사람이었다. 그는 해수욕장 일대에서 조직적으로 각종 이권 사업에 관여하는 인물이었다. 지역 신문에서 그의 얼굴을 본 기억이 떠올랐던 것이다.

지역 신문에 그의 사진과 함께 '용감한 시민'이라는 제하의 기사를 읽은 적이 있었다. 어느 숙박업소에 흉기를 든 사람이 인질을 잡고 협박하는 사건이 일어났는데, 지역민인 그가 경찰을 대신해 제압한 일이었다. 그는 건물 옥상으로 올라가서 창문을 부수고 방 안으로 들어가 흉기를 가진 범인과 몸싸움 끝에 붙잡았다는 내용이었다.

그 신문 기사를 읽고 당시 지역 경찰과 지역 유지들 사이의 묘한 연관성을 파악하게 되었다. 그들은 서로 잘 알고 지내면서 필요할 때 서로 돕는 공생관계인 것 같았다. 치안에 관한 정보와 이권에 관한 사항을 주고받으면서 함께 살아가는 방식이었다.

아마도 그 일대의 우두머리로 보이는 그 남자는 번쩍거리는 커다란 오토바이를 타고 거리를 질주하고는 했다. 그런 사람이 물속에서는 나를 붙잡지 못했다. 혹시나 싶어 은근히 걱정했지만 뒤쫓아오지는 않았다. 나는 해변으로 돌아와 벗어둔 옷을 걸치고 학교로 돌아갔다.

그리고 몇 주 후, 집에 들렀다가 학교로 가는 길이었다. 번쩍거리는 오토바이가 요란한 소리를 내며 달려오더니 내 옆에 서는 것이었다. 그 사람이 타고 있었다. 그는 나를 좁은 골목으로 거칠게 밀어붙인 뒤 오토바이에서 내렸다. 긴장도 되고 겁도 났다. 그러나 예상과는 달리 공손하고 점잖은 자세를 취하면서 이렇게 말했다.

"앞으로 새사람이 되겠습니다. 꼭 새로운 인생을 살도록 하겠습니다."

새로운 삶의 결단은 주먹패들이 사랑하는 사람을 만났을

때 하는 말이다. 맙소사! 내가 건달 보스의 걸프렌드가 된단 말인가? 나는 얼어붙은 채 아무 말도 못하고 땅만 내려다보고 있었다. 그는 준비되지 않은 말을 두서없이 혼자 늘어놓았다. 그러고는 훌쩍 오토바이에 오르더니 골목길을 빠져나갔다. 나는 놀란 가슴을 쓸어내리며 학교로 갔다.

고향 목포는 넓지 않아 웬만하면 누가 누군지, 또 누구에게 무슨 일이 일어났는지 알 수 있었다. 누가 그 광경을 보았는지 아버지에게 귀띔한 모양이었다.

"길거리에서 당신 막내딸에게 이런 일이 있었답니다."

그 골목길은 우리 집과 멀리 떨어진 곳이었다. 그러나 누군가 그 모습을 보았고, 내가 어느 집 딸인 것을 알고 아버지에게 전한 것이었다.

이후 내가 집에 들를 때마다 아버지는 나를 학교까지 데려다주셨다. 아버지는 내 곁에 바짝 붙어 서서 걸었는데, 나는 그런 아버지의 보호가 달갑지 않았다. 내 나이 20세. 그런데 아버지와 나란히 걸으며 학교에 간다니….

그 뒤 내가 고향을 떠나면서 자연스럽게 스토커 1, 2로부터 해방되었다.

다이아몬드 남자

간호학교를 졸업한 뒤 나는 조산원 훈련생이 되어 서울로 거처를 옮겼다. 병원의 간호사 기숙사에서 반년쯤 지내고 있을 무렵 한 남자가 나를 찾아왔다. 목포에서 금은방을 운영하는 남자였는데, 어떻게 나의 소재를 알아내어 찾아온 것이었다. 학생 때 그의 가게에 들렀을 때 한두 번 본 적이 있을 뿐이었다. 나는 기숙사 앞 큰길 건너 빵집에서 그를 만났다.

간호학교 과정이 끝나갈 무렵 학생들은 졸업 기념 금반지를 맞추기로 했고, 내가 그 계약을 맡게 되었다. 특별히 아는 금은방이 없었기에 집 근처에 있는 한 곳에 가서 단체 졸업반지 제작을 의뢰했다. 반지 디자인을 알려주고 가격을 흥정한 뒤 학생들이 각자 방문하여 손가락 사이즈를 재기로 했다. 그런 과정에서 그를 한두 번 본 것뿐이었다. 그 밖에는 아무런 기억도 없었다.

바로 그 동네 금은방 주인이 서울로 나를 찾아온 것이었다. 빵집에서 둘은 서로 마주보고 앉았다. 아직 주문을 하지 않아 탁자 위에는 아무것도 없었다. 그는 한마디 서론도 없이, 워밍업도 없이 바로 본론으로 들어갔다.

"저와 결혼해주십시오."

"예? 아, 아뇨…."

나는 그렇게 대답했다.

"저와 결혼해주시면 다이아몬드 반지를 드리겠습니다."

"저는 다이아몬드를 돌이라고 생각합니다. 그저 길가에 굴러다니는 돌과 좀 다른 돌이지요."

나의 소재를 알고 서울까지 찾아온 그에게 측은한 마음이 들어 대화를 부드럽게 하려고 애썼다.

"저는 곧 선교사로 미국에 갈 것입니다."

"아, 예…. 저와 결혼하시면 선교사 생활에 조금도 불편함이 없도록 최선을 다하겠습니다."

그는 자신이 무슨 말을 하고 있는지 잘 모르는 것 같았다. 이어 내가 말했다.

"아뇨. 저는 결혼하지 않을 겁니다."

그러자 그는 준비했던 마지막 카드를 꺼낸 듯했다.

"저와 결혼하지 않으면 당신을 총으로 쏘겠습니다."

그 말에 혹시나 싶어 탁자 너머 그의 손과 가방을 살펴보았다. 총 같은 것은 어디에도 보이지 않았다. 이번에는 내가 그를 위협했다.

"총으로 나를 쏘려면 지금 쏘세요! 이 자리에서 쏘세요!"

움찔하는 그를 보고 더 다그쳤다.

"지금 쏴요. 여기서 쏘시라고요!"

빵집 안에 있던 사람들이 나의 고함 소리를 듣고 우리 쪽을 쳐다봤다. 나의 과감한 반격에 그는 무방비 상태였다. 잠시 어쩔 줄을 몰라하던 그는 서둘러 가방을 들고 일어나더니 황급히 문밖으로 달아났다.

그때 나는 생각했다. 그 사람은 왜 그렇게 극단적인 행동을 취했을까? 아마도 다이아몬드의 위력을 굳건히 믿고 있는 것 같았다. 약혼이나 결혼이 마침내 다이아몬드 반지로 결말 맺는 것을 많이 봐 와서 그럴지도 몰랐다. 그 다이아몬드의 위력으로 나를 단번에 정복할 수 있으리라 믿고 왔을지도 몰랐다. 그러나 아뿔싸! 그의 다이아몬드는 내 앞에서 힘없이 스러지고 만 것이다.

부디 그가 다이아몬드의 가치와 힘을 존중하는 여자를 만났기를 바라는 마음이다. 그와 그의 여자가 '다이아몬드는 영원히'라고 함께 외치며 행복하게 살았으면 좋겠다.

스토커 #3—뉴욕 시내에서

미국 뉴욕에서 지낼 때였다. 성경 공부를 마치고 나의 아파트로 돌아가는 길이었다. 나는 지하철역 나무 벤치에 앉아 열차를 기다리고 있었다. 스페인계로 보이는 소년이 와서 내 곁에 앉았다. 얼핏 보기에도 십대 소년이었다. 나무 벤치에는 여러 명이 앉을 수 있으므로 누구든지 내 옆자리에 앉는 것은 자연스러운 일이었다. 문득 소년이 물었다.

"네 이름이 뭐지?"

나는 대답하지 않았다. 그러자 소년이 또 물었다.

"나이가 몇 살이야?"

어이가 없어서 앞만 쳐다보며 소년의 존재를 아예 묵살했다. 그리고는 왼손을 펴서 다리 위에 올리고는 가운뎃손가락에 낀 금반지가 잘 보이게 했다. 소년에게 '나는 결혼한 사람이니 건들지 말고 가만두어라' 하는 암묵의 메시지였다. 실은 그 금빛 반지는 노점에서 1달러를 주고 사서 끼고 다니던 것이었다. 미혼이었으나 나에게 불필요한 이성적 관심을 갖는 것을 미리 따돌리기 위한 하나의 아이디어였다.

하지만 소년에게 결혼 반지는 통하지 않았다. 소년은 옆에 붙어 앉아 내 얼굴을 들여다보며 계속 말을 걸어왔다. (나는 평생 동안 결혼 반지를 왼손 가운뎃손가락에 끼는 것인 줄 알았다. 바로 얼마 전, 그러니까 2024년 8월 1일 친구가 결혼 반지는 가운뎃손가락이 아니라 약지인 넷째손가락에 끼는 거라고 일러줘서 알게 되었다.)

마침내 기다리던 열차가 도착했다. 뉴욕의 많은 지하철은 지하에 있지 않고 지상에 있다. 나는 나무 벤치에서 일어나 곧장 열차에 올랐다. 소년도 따라 탔다.

마음을 진정시키며 소년이 나를 미행하는지, 아니면 우연히 같은 지하철을 타고 자신의 목적지로 가는 것인지 알아내고 싶었다. 두 역을 지났을 때 나는 열차에서 내렸다. 소년도 따라 내렸다. 나는 잠시 기다리다가 다음 열차를 탔다. 소년도 같은 열차를 탔다. 그로써 소년이 나를 스토킹한다고 확신했다. 내가 빈자리를 골라 앉자 소년도 몇 자리 건너 나를 마주 볼 수 있는 맞은편 자리에 앉았다. 그리고는 나의 움직임을 주시했다.

나는 생각했다. 소년이 내가 출퇴근하는 지하철역을 알게 해서는 안 될 것 같았다. 내가 사는 아파트는 맨해튼 서쪽 12번가에 있었다. 11번가 길 끝에 내가 항상 이용하는 지하철역 출입구가 있었다. 내가 매일 이용하는 지하철역 출입구를 소년이 알게 해서는 자칫 큰 문제에 부딪칠 수도 있었다. 아무리 내게서 눈을 떼지 않고 지켜보고 있더라도 그를 따돌려야 했다.

한 가지 방법이 떠올랐다. 열차가 도착하면 문이 자동으로 열리면서 승객들이 내리고 탄 뒤 자동으로 닫혔다. 문이 얼마 동안 열려 있다가 닫히는지는 알 수 없었다. 단 한 번의 기회는 문이 닫히기 1초 전에 번개처럼 문밖으로 튀어나가는 일이었다. 1초 만에 문이 닫히면 소년은 따라 내릴 수 없을 터였다. 모든 것은 1초라는 짧은 시간에 달려 있었다. 만약 내가 문이 닫히기 2초 전에 문을 통과하면 소년도 따라 나올 것 같았다. 하지만 1초 전에 빠져나온다면 소년 스토커는 내가 나가는 것을 보더라도 닫힌 문을 통과할 수는 없다.

열차 문이 얼마 동안 열려 있다가 닫히는지 주의 깊게 관찰했다. 나름대로 감을 잡고 상상으로 연습도 했다.

마침내 마음의 준비가 됐다. 열차가 역에 도착했고 문이 열렸다. 한 무리의 승객이 내리고 우르르 밀려들었다. 이때다 싶어 번개같이 밖으로 튀어나갔고, 곧바로 열차 문이 닫혔다. 나는 급히 돌아서서 닫히는 문 너머 소년 스토커의 멍한

표정과 허탈해하는 눈길을 보았다. 내가 순간적으로 빠져나가는 것을 보았으나 뒤따라 나올 틈은 없었던 것이다. 뉴욕의 지하철은 소년을 싣고 유유히 사라졌다.

아디오스! 잘 가!

모든 사건이 1초 안에 마무리되었다. 하나님께서 내 편에 계셨다. 나 자신이 007 첩보 영화의 한 장면에 출연한 배우같이 느껴졌다. 영화를 볼 때와 같은 스릴과 서스펜스, 불안감과 긴장감, 그리고 마치 악한을 물리친 것 같은 상쾌한 승리감이 밀려왔다.

스토커들로부터의 체험은 인생 전반에 상처와 긴장감을 준 것 같다. 또 다른 스토커를 맞닥뜨리고 싶지 않았다. 그래서 그런지 특별한 일 없이 사람 만나기를 피해 왔다. 혼자 있을 때 가장 편안한 안정감을 느꼈다. 그런 연유에서인지 나는 흔한 소셜미디어에 잘 참여하지 않는다.

2

그 집 앞

예술은 아름다움을 주지만, 죽어가는 사람에게 생명을 주지는 못한다.
어려운 인생 문제에 직면했을 때는 도울 수가 없다.

그 집의 뒤편에 서서

여고 시절, 음악 교과서에는 그 시절 학생들이 알아야 하는 엄선된 노래들이 실려 있었다. 학생들은 적어도 음악 교과서에 실려 있는 노래들을 알고 또 부를 수 있어야 했다.

그 가운데 하나가 〈그 집 앞〉이라는 우리 가곡이었다. 이 노래는 좀 이상했다. 처음부터 끝까지 높이 올라가거나 낮게 내려가는 부분이 없었다. 별로 높낮이가 없이 조용하고 은은한 노래였다. 가사의 의미도 애매하고 알쏭달쏭했다.

한 사람이 어느 집 앞을 왔다 갔다 하다가 그 집 앞에 서버렸다는 것이다. 그는 자신이 거기에 서 있는 것을 아무도 모르기를 바란다. 이것이 노랫말의 줄거리다. 나는 그 집이 보이프렌드 또는 걸프렌드의 집일 거라고 생각했다.

그런데 어느 날, 나는 어느 집 앞을 왔다 갔다 하다가 멈춰 서 있는 나 자신을 발견했다. 내가 선 곳은 그 집의 앞이 아니고 그 집의 뒤쪽이었다. 내가 거기에 서 있는 것을 아무도 보지 않기를 바랐다. 하루 이틀도 아니고 몇 달을 그렇게 했다. 그제야 〈그 집 앞〉의 의미를 이해하게 되었고, 왜 많은 사람이 그 가곡을 사랑하는지 깨닫게 되었다. 노랫말과 똑같이 행동하고 있었던 것이다. 주인은 자신의 집이 나를 끌어당기고 있다는 것을 몰랐다.

그때가 고등학교 3학년 무렵이었다. 한국에서 고 3 학생들은 대학 입학 시험 준비에 온 힘을 다 기울인다. 대학 입학 경쟁이 치열해서 입시 지옥이라는 말이 있듯이 수험생들은 무척 힘이 든다. 매일같이 새벽 5시부터 밤 11시까지 1~2년은 죽어라 공부만 한다.

하지만 나는 대학 진학을 할 수 없어 그 지옥에서 공부하는 친구들이 부러웠다. 집안 형편이 어려워 부모님은 대학 입학금과 등록금을 마련해줄 수 없었다. 중학교와 고등학교는 장학금으로 다닐 수 있었지만 대학에서의 장학금은 아무도 보장할 수가 없었다. 나의 인생은 고등학교 교육이 마지막일 것 같았다. 나는 실망과 절망을 끌어안고 방황했다.

당시 내가 정말 가고 싶었던 대학은 홍익대학교 미술대학이었다. 나는 미술을 전공하고 싶었다. 더 이상 학업에 얽매여 시간을 보내고 싶지 않았다. 그저 밤낮으로 그림만 그리고 싶었다. 그것이 내가 일생 동안 하고 싶은 일이었다. 그러나 그 꿈은 너무나 멀리 있었고 또 불가능해 보였다. 아무것도 할 수 없는 형편이었지만, 나의 마음은 자꾸 미술 쪽으로 이끌리고 있었다.

내 고향 목포에 유명한 한국화 화가가 살고 있다는 것을 들어서 알았다. 그분의 집이 유달산 중턱 어디에 있다는 말을 들은 적이 있었다. 학교 정규 수업이 끝나면 대학 입시를 위해 방과 후 수업이 이어졌다. 고 3 수험생들은 교실에 남아 연장 수업을 받았다. 그러나 대학에 가지 않는 나는 학교를 뒤로하고 유달산 중턱 어디에 있다는 그 화가의 집을 찾아 나섰다.

유달산 중턱은 길이 여러 방향으로 갈라져 있어서 이름만 아는 이의 집을 찾는다는 것은 건초 더미에서 바늘 하나를 찾는 것같이 힘든 일이었다. 산중턱에 좁은 골목길들이 굽이굽이 올라가고 내려가며 만났다 갈라지고는 해서 허탕치고 돌아서기 일쑤였다.

하루는 언덕바지에 늘어선 집들을 지나치는데 돌담 아래쪽에 놓인 집 하나가 눈에 들어왔다. 돌담의 높이는 내 어깨 정도였는데 집은 골목길보다 훨씬 낮은 곳에 위치해 있었다. 바로 그 화가의 집이라는 것을 직감했다.

보통 크기의 한옥이었고 창문은 모두 활짝 열려 있었다. 돌담 너머로 집 안을 살펴보았다. 방의 벽 쪽에는 많은 그림이 나란히 걸려 있는 것이 눈에 들어왔다. 나는 한국화를 특별히 좋아하지도 않았고 잘 이해하는 것도 아니었다. 어떤 형태의 미술이든지 그림을 가까이할 수 있다는 데서 마음의 위로를 받았다. 나는 벽에 걸린 그림들을 하나하나 살펴보며 생각했다.

"나도 언젠가 내가 그린 그림들을 저렇게 벽에 걸어놓을 수 있을까?"

나는 그 집 안에서 풍겨 나오는 은은한 그림의 향기를 가슴 깊이 들이켰다. 그 향기가 바로 먹과 벼루에서 나오는 것임을 나중에야 알았다.

담벼락 한켠에 서서 내 마음이 나를 보내줄 때까지 그림들을 바라보며 서 있었다. 시계가 없어서 시간이 얼마나 흘렀는지 알 수 없었으나 대략 1시간 정도 지나지 않았나 싶었다. 나는 돌아서서 우리 집으로 향했다. 사랑과 절망이 나를 기다리고 있는 집이었다. 부모님은 나를 끔찍이 사랑하시나 그 사랑은 절망하는 내 마음을 위로하지 못했다. 오히려 그림들이 걸린 돌담 아래 집이 내 마음을 위로했다.

그 집 앞에서 나를 본 사람은 아무도 없었다. 내가 서 있던 곳은 그 집의 뒤편이었으며 대문은 반대쪽에 있었다. 나는 그 집이 내가 아는 유명 화가의 집인지 아닌지 확인하지도 못했다. 그러나 나는 그곳에 서서 위안을 받았고, 돌담 옆에서나마 내가 있고 싶은 곳에 있다는 사실을 자각했다. 그림이 있는 곳이었다.

대학 진학을 포기하고 있을 때, 우리 학교에 평화봉사단으로 오신 선생님의 도움으로 목포가톨릭병원부설 간호학교에 지원할 수 있었다. 다행히 수석으로 입학해서 기숙사비와 수업료 전액을 장학금으로 받았다. 그리고 나는 1등에게만 주어지는 장학금을 받기 위해 3년 동안 공부에 전념했다.

매일 30분 잠을 줄이며 그림을 그리다

그리고 세월이 흘렀다. 30여 년은 어머니로, 간호사로, 목사의 사모로 정신없이 바쁜 세월을 보냈다. 그러나 내 안에 미술을 향한 미련은 사라지지 않고 남아 있었다. 나이 50이 넘었을 즈음 나는 생각했다.

"나의 인생은 이렇게 끝나는가? 내 안의 예술을 실현해볼 수는 없을까?"

그즈음 나의 생활은 정말 눈코 뜰 새 없이 바빴다. 하루에 네댓 시간만이라도 잠잘 수 있으면 다행이었다. 이렇게 살다가 죽을 것인가? 나의 인생이 이대로 막을 내리고 마는가? 아니다. 그럴 수는 없다. 나는 이대로 죽지 않을 것이다. 하지만 하고 싶은 예술을 할 시간이 없다. 시간이 없으면 시간을 만들어야 한다. 스스로 시간을 만들 때까지는 시간이 없을 것이다.

내 안에서 또 다른 내가 말했다.

'너의 예술을 위해 시간을 만들어라. 네가 진정으로 원한다면 너는 얼마든지 시간을 만들 수 있다.'

매일 잠을 30분 덜 자고 그 30분 동안 그림을 그리기로 결심했다. 이미 수면이 부족한 상태였지만, 나의 예술을 위해 하루 30분씩 잠을 줄여야 했다. 둘째 딸에게 그림 그리는 데 필요한 미술 재료들을 사달라고 부탁했다. 딸은 종이와 4B연필, 목탄, 그리고 스프레이 등을 사다주었다. 그것만으로도 만족스러웠다.

교회 소모임, 기도 모임, 저녁 식사 준비, 설거지, 빨래, 이튿날 아이들 등교 준비, 그리고 이튿날 아침 나의 근무 준비까지 마치면 대개 자정이 가까운 한밤이었다. 가족들은 모두 자고 있었다. 하루 일과를 마치면 몸은 파김치가 되었다. 그러나 바로 잠자리에 들지 않았다.

나는 도화지를 펼치고 4B연필 또는 까만 목탄을 들고 여자 얼굴을 그리기 시작했다. 하얀 종이 위에 검은 선으로 내가 원하는 것을 그려 나가는 것이었다. 어두운 전등의 불빛은 그림 그리기에 알맞지 않았으나 어떠한 부족한 상황도 개의치 않았다. 그림을 그릴 수 있다는 것만으로도 감사하고 행복했다.

나는 조금씩 내가 무엇을 하고 있는지 깨닫게 되었다. 나는 나만의 예술을 하고 있었다. 연필을 쥐게 된 어린 시절부터 종이 위에 얼굴을 그리고는 했다. 어떤 종이든 밥숟가락만

한 공간만 있으면 거기에 조그맣게 얼굴을 그렸다.

그것은 여자아이의 얼굴이었다. 내가 화났을 때 그린 얼굴은 화난 얼굴이었다. 행복할 때는 행복한 얼굴, 슬플 때는 슬픈 얼굴이었다. 내가 그린 조그만 얼굴에 나의 감정이 반영된 것이었다. 어떻게 해서 그렇게 그릴 수 있었는지 알 수 없었으나 나의 느낌과 감정은 내가 그리는 조그만 얼굴에 고스란히 담겨졌다.

옛날에 내가 그린 얼굴들은 대개 동전만 한 크기였다. 오래전이지만 그렇게 작은 얼굴만 그렸다가 갑자기 커다란 도화지에 뭉툭한 4B연필이나 기다란 목탄으로 그리자니 영 어색했다. 얼굴 사이즈를 수십 배로 늘려야 했다. 얼른 감이 오지 않아 얼굴 형태를 잡는 데만 시간이 좀 걸렸다. 연습을 거듭했다. 얼굴 크기를 확대시키는 작업을 마치고는 본격적으로 나만의 예술을 시작했다. 그림 한 장 한 장은 나의 잠을 희생한 산물이었다.

작은 종이 구석 자리에 그림을 그릴 때는 오로지 얼굴만 그렸다. 그러나 도화지가 커지자 목과 어깨까지 그려야 했다. 미대 학생이나 화가들은 남녀 모델의 실제 모습을 보면서 그림을 그린다. 그러나 오로지 머릿속으로 상상을 하면서 그려야 했기에 쉽지 않았다. 실패를 거듭했다.

나 자신이 모델이 되기로 했다. 나는 셔츠를 벗고 속옷만 걸친 채 거울 앞에 섰다. 그리고 목과 어깨의 각도와 곡선을 눈여겨보며 머릿속에 담았다. 그리고는 도화지로 돌아와 거울을 통해 보았던 선들을 되살려 그렸다. 확신이 서지 않으면 다시 거울 앞으로 가서 살펴보았다.

그렇게 해서 완성한 그림들을 액자에 넣어 근무하는 병원에 들고 갔다. 그리고는 간호사와 의사 들에게 보여주었다. 그 가운데 한 의사 선생님이 이렇게 말하는 것이었다.

"내가 미술관에서 대단한 걸작이라는 여자 초상화를 본 적이 있는데, 그 여자의 얼굴은 무표정이었지만 당신 그림의 얼굴은 살아 있는 느낌이에요."

그의 말이 맞았다. 그는 정확히 보았다. 내가 그린 얼굴 하나하나에는 여자의 마음을 고스란히 나타내고 있었다. 나 자신이 여자이기 때문에 여자들이 무엇을 느끼고, 여자들의 마음에 무엇이 스쳐가는지 잘 알고 있었다.

다른 의사 선생님이 말했다.

"간호사가 굶어 죽었다는 말은 들은 적이 없어요. 하지만 예술가가 빈곤으로 죽었다는 말은 들었어요."

나는 웃으며 그의 현실적인 조언에 감사했다. 나의 간호사 직업은 은퇴할 때까지 계속될 것이다. 아무리 좋아도 예술 세계로 깊이 들어가지는 않을 것이다. 가난과 병으로 일찍 세상을 떠난 예술가를 안다. 죽음 이후 그의 그림은 수백억 원도 넘는 고가로 거래되고 있다. 아이로니컬하게도 엉뚱한 사람들이 그의 그림으로 횡재하고 있는 셈이다. 나는 절대로 그러지는 않을 거라고 생각했다.

한 동료 간호사가 말했다.

"김, 너는 왜 백인 여자들만 그려?"

나는 한국 여자들을 그렸다고 여겼는데, 다른 이의 눈에는 백인 여자의 모습으로 비친 모양이었다.

그 이후 병원에서 함께 일하는 흑인 간호사의 얼굴을 그렸다. 그녀의 특징을 잡아 그렸으나 실제보다 좀 예쁘게 그려진 듯했다. 완성된 그림을 가져가 본인에게 보여주었다. 그녀는 대번에 그것이 자신의 모습이라는 것을 알아차렸다. 그 그림을 자기에게 달라고 했으나 거절했다. 그 그림을 직접 가지고 있어야 내가 인종차별한다는 비난을 받지 않을 것이기 때문이었다.

다른 동료 간호사가 말했다.

어린 시절의 꿈을 위해 잠을 줄여가며 그림에 열중했을 때 그린 목탄 크로키.
내가 그린 얼굴 하나하나에는 나의 마음이 고스란히 담겨 있었다.

"너는 전부 프로파일만 그렸네."

그때 흔히 '프로필'이라고 일컫는 'profile'이 미술에서 '옆얼굴'이라는 뜻으로 쓰이는지 처음 알았다. 그 낱말은 '옆얼굴을 그린 초상화'를 뜻했다. 여자 얼굴의 옆 선을 그리는 것은 나의 전문이었다. 스키를 타고 산 정상에서 아래로 순식간에 내려오듯이 한 획으로 그리는 기술이었다. 그 다음부터 정면에서 본 얼굴도 그리기 시작했다.

한 남자 간호사가 그림 하나를 50달러에 사겠다고 했으나 팔지 않았다. 그것은 내가 한 스토커에게 쫓기고 있을 때의 불안을 그린 그림이었다. 나는 그렸다 지우기를 반복하면서 그때 느꼈던 공포를 화폭에 담았다. 똑같은 얼굴, 똑같은 모습을 두 번 그릴 수는 없다. 내가 그려낼 수 있는 단 하나의 그림이었다. 어쩌면 그가 그 그림을 수백 달러에 사겠다고 했으면 팔았을지도 모른다. 50달러였기에 팔지 않고 차라리 간직하기로 했다.

어쨌든 그는 여러 얼굴 중에 하필이면 그 그림을 골랐다. 그가 불안 속에 놓인 여자의 연약함에 이끌렸든지, 아니면 그 자신이 불안과 공포에 쫓긴 경험이 있었을지 모른다고 생각했다. 그래서 그의 마음을 사로잡지 않았나 싶었다.

예술 작품보다 더 소중한 것들

나는 매일 밤 30분씩 잠을 희생하며 그림을 그렸다. 초기에는 30분의 시간을 지켰다. 그러나 점차 그 시간이 길어져서 1시간을 넘기고 2시간, 3시간으로 늘어났다. 내가 표현하고자 하는 그림이 나올 때까지 그리고 고치기를 반복했다. 내가 원하는 모습이 종이 위에 그려질 때까지 잠을 잘 수 없었다. 아무도 생각하지 않은 것을, 내가 상상한 것을 그림으로 표현해내는 것은 너무나 매력적인 일이었다.

그런 것을 예술적인 영감이라고 부르나? 내가 그 과정에 있을 때, 나는 잠을 이룰 수 없었다. 창조적인 예술가는 자기도취에 빠진 나르시시스트이고, 세상이 그의 나르시즘에 합류하게 되면 그는 천재 예술가라 불리게 된다.

내가 그림을 그리고 지우기를 반복할 때, 시간이 흐르는 것을 개의치 않았다. 그림을 그릴 때면 시간도 아무 상관없었다. 잠자는 것, 마시는 것, 먹는 것, 요리, 빨래, 자녀, 가족 들 모두 망각했다. 나는 초췌한 모습이 되어 더 이상 서 있을 수 없어 쓰러지기 직전까지 갔다. 겉으로는 내가 해야 할 일을 다한 듯 보였으나 마음은 오직 한곳에 집중되어 있었다.

보다 좋은 작품을 만들기 위해 온 마음을 다 쏟았다.

그러던 어느 날, 내가 예술가가 되면 아주 무책임만 사람이 되고 말 것임을 깨달았다. 예술가가 되려면 결혼부터 하지 말았어야 했다. 나는 무심한 아내, 무관심한 엄마로 넘어가고 있었다. 내가 이루지 못한 꿈을 좇아가고 있을 때, 내 가족들이 당한 어려움은 미처 알지 못했다. 내 가족들이 겪었을 고통을 생각하면 이 글을 쓰고 있는 순간에도 내 마음은 아파온다.

그때 나는 30여 점의 그림을 그렸다. 많은 숫자는 의미 없다고 여겼다. 다만 걸작 하나만 있으면 좋았다. 적어도 내가 인정하는 걸작 하나는 있다고 생각한다. 그 작품은 지금 내가 가지고 있지 않다. 친구에게 선물로 주었다. 건강이 나빠져서 얼마나 더 살지 몰랐고, 또 언제 갑자기 죽을지도 몰랐다. 나는 그 걸작 하나를 남기고 싶었고, 그것의 진가를 아는 사람의 손에 맡기고 싶었다. 그래서 작품의 진가와 아름다움을 누구보다 잘 알아주는 친구에게 선물로 주었다. 혹시나 내가 갑자기 죽게 되더라도 그 그림은 친구의 손안에서 안전하게 보호될 것이라 믿고 안심했다. 그림과 함께 친구에게 보낸 편지에다 이렇게 썼다.

내가 당신에게 준 그림은 매우 귀중한 작품입니다.

어떤 일이 생겨서 그림 그리기를 잠시 중단하게 되었는데, 그 후로 다시는 돌아갈 수 없었다. 그러나 평생 목말랐던 예술에 대한 갈증은 해소되었다.

그러면서 나는 예술에 대한 생각을 정리했다. 예술은 나와 타인에게 아름다움과 만족감을 주지만, 죽어가는 사람에게 생명을 주지는 못한다. 사람들은 벽에 걸린 나의 그림을 통해 잠시 예술적인 만족함을 얻겠지만, 그들이 어려운 인생 문제에 직면했을 때는 도울 수가 없다.

예술을 위해 인생을 바치지 않기로 했다. 예술을 위해 가정 생활을 희생하지 않기로 했다. 하나님과 가족이 나의 예술 작품보다 더 소중하다. 나는 이것을 이루지 못한 예술가의 꿈을 아예 내려놓은 뒤에야 깨닫게 되었다.

3

커피 한 잔

말할 수 있어. 말대꾸해도 괜찮아. 말대꾸하는 것은
공경심 없고 천박한 행동이 아니고 자기 자신을 표현하는 정당한 권리야.

침묵이 미덕인 세대 아래에서

부모님은 조선의 마지막 왕조, 대한제국 말기에 사셨던 분이다. 아버지께서 어릴 때 살았던 부산의 한 동네에 왕비의 죽음 소식이 전해졌을 때, 마을 사람들은 장례식 때 입는 상복을 입고 모였다. 그들은 궁궐이 있는 북쪽을 향해 절하고 국모를 잃은 슬픔으로 통곡했다.

어렸을 때 아버지로부터 이따금 그런 이야기를 들었다. 당시 사람들이 조선 왕조과 왕비를 얼마나 아끼고 그리는지 상상했고, 그 순수한 사랑과 헌신에 감동했다. 슬픈 이야기였으나 아름답게 느껴졌다. 나의 조상님들은 그렇듯 고운 분들이었다.

그러나 대체로 남편과 아내의 관계성은 그리 아름답지 못했다. 남편과 아내 사이에 사랑의 표현은 금기시되다시피 해서 입 밖으로 나타내지 못했다.

아버지가 어머니에게 "당신을 사랑해"라고 말하는 것을 한 번도 들은 적이 없다. 아버지와 어머니가 다정히 손을 잡고 있는 모습도 단 한 번 본 적이 없다. 두 분은 집 안에서나 집 밖에서나 늘 몇 미터 떨어져서 거리를 두고 지냈다. 길을 걸을 때면 앞서가는 아버지 뒤로 몇 걸음 떨어져서 어머니가 걸었다.

어머니는 가끔 온 가족이 안방에 모여 밥상 앞에 둘러앉아 식사를 할 때 혼자 부엌에서 남은 음식을 드셨다. 나중에 내가 결혼을 하고 가정을 꾸린 뒤 가족이 남긴 음식을 부엌에서 혼자 먹고 있는 자신을 보았다. 그것이 나에게는 너무나 자연스러운 일이었다. 우리 어머니께서 그렇게 하셨기에 나도 그렇게 하는 것이었다.

조선시대에 여자들은 교육을 받지 못했다. 어린 소녀나 젊은 여자를 가르치는 학교가 아예 없었다. 여성을 위한 교육기

관은 한참 뒤에나 설립되었는데, 어머니는 그 혜택을 받지 못했다. 그래서 평생 글을 쓸 줄도 읽을 줄도 모르는 문맹으로 사셨다.

어머니의 세상에 대한 이해는 한정되어 있었고, 아버지는 그런 어머니를 내려다보며 무시했다. 두 분 사이의 대화는 아주 짧거나 단절되어 있었다. 아버지는 어머니가 단어의 뜻을 이해하지 못한다고 생각했다. 아버지는 곧잘 화를 냈고, 대화가 끊어지기 일쑤였다.

근대 이전의 남자들은 여자들의 교육을 원하지 않았다. 남자들은 교육 받지 않은 여자들에게서 어떻게 현명한 아내와 어머니를 기대할 수 있었을까? 어머니는 이 점을 너무나 잘 알고 계셨다. 그러기에 내가 자신과 같은 인생을 살지 않도록 교육에 최선을 다하셨다.

예전에는 여자가 자신의 생각과 뜻을 말하지 않고 가만히 있는 것을 미덕으로 여겼다. 여자는 조용히 오로지 순종심으로 남자를 존중하고 섬기는 것이 존재의 가치이자 이유였다. 남자들은 여자들의 그러한 뒷받침이 자신의 자신감과 자부심과 용기를 높인다고 생각했다. 자신이 하던 일이 실패로 돌아갈 때면 흔히 여자 때문이라며 비난했다. 자신의 잘못을 돌아보지 않았다.

근대의 끝 무렵부터 살아오신 부모님의 영향 아래 자랐으므로 그런 것이 곧 인생의 전부인 줄 알았다. 나는 부모님이나 학교 선생님, 또 주위 어른 누구에게도 말대꾸를 하지 않았다. 윗사람에게 말대꾸를 하는 것은 공경심을 배우지 못해 버릇없는 아이의 행동으로 간주되었다.

말할 수 있는 자유와 권리

그렇게 살다가 미국에 오니 완전 딴 세상이었다. 말하지 않고 가만히 있으면 멍청이로 취급되었다. 어린아이도, 가진 것 없는 약자도 자기 생각과 의견을 당당히 말하는 것이었다. 침묵을 미덕으로 여기면서 자라온 나로서는 말하는 법을 새로 배워야 했다.

나는 스스로에게 마음속의 생각과 의견을 말할 수 있는 자유가 있다는 것을 의식적으로 가르치고 상기시켰다.

'말할 수 있어. 말대꾸해도 괜찮아. 말대꾸하는 것은 공경심 없고 천박한 행동이 아니고 자기 자신을 표현하는 정당한 권리야.'

미국에 온 뒤 그동안 모르고 지냈던 나의 권리를 찾기 위해 노력해야 했다.

미국에서는 자신의 의견이나 관점을 말하는 것이 지적이며 사려 깊은 행동으로 간주되었다. 그런 미국식이 좋았다. 나의 생각을 당당히 표현할 수 있는 자유와 기회를 가르쳐주고 베풀어준 미국에 감사했다.

하지만 마음대로 되지는 않았다. 말을 하려고 입을 열면 퉁명스럽고 격에 맞지 않는 말들이 먼저 튀어나왔다. 말을 어떻게 해야 하나? 말하는 법을 배우는 데 긴 시간이 걸렸다. 배움의 시간은 끝나지 않았다. 지금도 다른 사람에게 어떻게 말을 잘하는가에 대해 배우는 중이다.

그러던 중에 서울에 가서 결혼식을 치렀고, 한참 있다가 남편이 한국에서 미국으로 왔다. 그 역시 조선시대 마지막 전통의 영향 아래에서 자란 사람이었다. 미국의 거리에서 함께 걸을 때면 남편은 앞에서 혼자 걷고 나는 뒤에서 혼자 걸었다.

남편은 "여보, 사랑해"라는 말을 하지 못했다. 그도 마찬가지여서 부모로부터 그런 말을 듣지 못한 것이다. 남편과 아내 사이의 사랑 표현은 금지였고 낯간지러운 행위였다.

남편이 하는 일에 대해 내가 의견을 말하면 격분하여 불같이 화를 냈다. 하지만 그 모든 것을 자연스럽게 여기면서 적응했다. 나의 아버지와 어머니께서 그렇게 하시는 것을 보고 자랐기 때문이었다.

병원에 근무를 나가면 또 다른 세상이었다. 직장에서는 '레이디 퍼스트ladies first'였다. 하루는 엘리베이터를 타려고 문이 열리기를 기다리고 있었다. 이윽고 엘리베이터가 도착했고 문이 열렸다. 나는 남자들이 먼저 다 들어간 뒤 맨 나중에 타려고 생각했다. 그런데 남자들이 아무도 엘리베이터 안으로 들어가지 않았다. 이상하다고 생각하는 순간 한 남자가 오른손으로 나더러 먼저 타라는 제스처를 해보였다. 순간 좀 어색했으나 내가 먼저 타자 기다리던 남자들이 뒤따라 엘리베이터 안으로 들어왔다.

직장에서 미국인들은 레이디 퍼스트가 기본이었다. 내가 근무하는 병원에 세계적으로 저명한 의사가 있었다. 그와 내가 엘리베이터를 타려고 기다리는데, 문이 열리자 내가 먼저 들어갔고 그가 뒤따라 탔다. 아마도 당시 한국에서는 있을 수 없는 일이었다. 한국의 직장에서 그랬다가는 그 자리에서 해고당할 수 있는 일이었다.

그러다가 집에 오면 방향을 반대로 바꾸어 '허즈번드 퍼스트husband first'로 살았다. 남편은 건강하고 힘이 센 편이었다. 걸음도 빨랐다. 그는 아내가 자신의 속도에 맞춰 따라오는지 뒤쳐져 오는지 상관없이 앞서 걸었다. 나는 아이의 손을 잡고 가방을 들고서 앞서가는 남편을 놓치지 않으려고 종종걸음을 쳤다. 부모님들이 그렇게 사셨기에 나도 그러는 것이 너무도 자연스러웠다.

어느 날 아침, 남편이 커피 잔을 들고 오다

그 후 10년의 세월이 흘렀고, 드디어 남편과 나는 길을 갈 때면 곁에서 나란히 걷게 되었다. 뒤에 서서 따라가던 나의 지위가 마침내 동등하게 된 것이었다. 길 위에서 함께 나란히 걷는 점에서는 남편이 비록 느리기는 하지만 확실히 변하고 있었다.

하루는 너무 피곤해서 그대로 쓰러져 자고 싶은 상태였다. 그런데 남편이 차 한 잔을 끓여 달라고 했다. 그 역시 바쁜 하루를 보낸 날이었다. 아내가 끓여 준 차 한 잔을 즐기고 싶었던 것이다. 그것은 이국 땅에 살면서 남편으로서 누리고 싶은 최소한의 바람이었다.

조선조 말기와 같은 근대에 여자는 남자를 따라야 하는 것이 중요한 미덕이었다. 남편은 안방의 윗자리에 근엄한 자세로 앉아서 아내에게 지시하고 명령했다. 아내는 차를 끓여서 공손한 자세로 남편에게 올렸다. 남편은 차의 맛과 향만 음미하는 것이 아니라 순종하는 아내의 마음까지 즐겼던 것이다.

나는 남편이 무엇을 원하는지 알고 있었다. 나의 상태를 말하고 싶었다.

'여보, 나는 지금 피곤해서 죽을 지경이에요. 나의 이 피곤한 모습이 보이지 않나요?'

하지만 나는 입을 열지 않았다. 오래전에 여자들은 직장생활을 하지 않았다. 당시 여자들은 경제 문제는 전적으로 남편에게 의지했다. 대부분의 아내는 전업 주부였다. 그래서 남편에게 차를 끓여 바치는 것은 중요한 일과였다. 다시 혼자 속으로만 말했다.

'내 사랑하는 남편, 나 좀 보세요. 병원에서 일하고 집에 오니 또 일거리가 쌓여 있어요. 하루에 쉴 새 없이 정규직을 두 번이나 일한 셈이에요. 그것뿐인가요? 교회 모임으로 일주일에 네 번 참석하고 있지요. 거기다가 당신에게 차까지 끓여 바치다가는 앞으로 얼마 못 가서 과로로 쓰러져 죽고 말 거예요.'

그러한 나의 속마음을 남편에게 어떻게 설명해야 할지 몰랐다.

어느 날 나는 신문을 읽고 있었다. 미국 대통령의 하루 일과에 관한 기사였다. 거기에서 힌트를 얻었다. 그리고는 얼마 뒤 기회를 봐서 남편에게 물었다.

"여보, 미국 대통령이 아침에 일어나서 가장 먼저 하는 일이 뭔지 아세요?"

뜬금없는 질문에 남편은 잠시 생각하더니 대답했다.

"TV로 뉴스를 시청하는 것?"

내가 말했다.

"아뇨."

"그럼 신문 읽기?"

"아뇨."

"브리핑 자료를 챙기는 일?"

"아뇨."

남편이 고개를 갸웃거릴 때 내가 말했다.

"커피 한 잔을 만들어 퍼스트레이디의 침대로 가져오는 거랍니다."

그 이튿날 아침이었다. 남편이 커피 한 잔을 받쳐 들고 내가 누워 있는 침대로 가져왔다. 나는 할 말을 잃고 멍한 눈으로 남편을 쳐다보기만 했다. 너무 놀라 "Thank you"라는 말도 나오지 않았다. 남편은 조선조 근대와 이어진 유교적 교육을 받고 자란 사람이었다. 세상이 변하는 게 남편이 변하는 것보다 더 쉬울 것 같았다. 그런 그가 아침 일찍 나에게 커피를 가져다 준다는 게 도대체 어떻게 가능했을까? 미국 대통령의 막강한 영향력과 변화를 택한 남편의 용기가 참으로 놀라웠다.

커피 향 속에 담긴 따뜻한 사람의 향기

다음날 아침에도 남편은 커피를 가져왔다. 이제 좀 편안한 마음으로 커피잔을 받을 수 있었다.

나는 커피 애호가가 아니었다. 병원에서 근무할 때면 주로 마시는 음료는 커피 아니면 수돗물이었다. 하지만 커피 맛도 잘 모르고 마셨다. 남편도 커피보다는 차를 더 좋아했다. 아침에 늘 차를 준비했고, 남편은 운전하는 동안에도 곧잘 차를 마셨다. 그렇지만 손님들을 위해 늘 드립 커피를 준비해 두었다.

남편은 그 드립 커피 기구를 사용해서 나를 위한 커피를 준비했다. 다음날은 전날 만들어 둔 커피를 데워서 나에게 갖다주었다. 커피포트에 있는 커피가 다 없어질 때까지 따뜻하게 데워서 가져왔다. 나는 매일 이른 아침 시간에 집에 있지 않았다. 밤 근무를 하거나 오전 근무를 할 때는 아침 나절 병원에 있었다. 그래서 남편이 커피를 가져다 줄 수 있는 날은 일주일에 2~3일 정도였다.

남편이 하고 있는 행동을 마음으로 흡족해했다. 그가 아침마다 신선한 커피를 끓이도록 요구하지 않았다. 남편은 기대 이상으로 나에게 최선을 다하고 있었다. 결코 남편이 커피 전문가가 되기를 바라는 것이 아니었다. 그가 조선시대의 근대적 남자에서 현대적 미국 남자로 변화의 모습을 보인 것이 고마울 따름이었다.

어느날 커피포트에 남아 있는 커피 위에 하얀 점들이 떠 있는 것을 보았다. 그 하얀 점들은 곰팡이였다. 나는 커피를 쏟아 버리고 커피포트를 깨끗히 씻었다. 그런 사실을 남편에게 말하지 않았다. 남편은 자신이 하던 대로 계속했다. 그 후 남편이 가져오는 커피는 한두 모금만 마시고 버렸다.

남편은 대학에서 정규 직원으로 수학을 가르치고 있었다. 그 대학에서는 정규 직원의 직계가족에게 무료 수강하도록 하는 특혜를 주었다. 그래서 나는 한 학기에 한 과목씩 강의를 들었다.

강의실에서 다른 학생들과 함께 앉아 있을 때, 남편이 직원 사무실에서 방금 만든 신선한 커피 한 잔을 들고 와서 나의 책상 위에 올려놓았다. 그 커피를 보자 내 마음은 감동에 젖었다. 그것은 아침 나절 집에 있을 때 남편이 갖다주는 것 외에 처음으로 나를 위해 가져온 커피 한 잔이었다. 나는 커피에서 풍겨 오는 향을 맡았고, 나를 향한 따뜻한 사랑의 향기도 느꼈다.

그리고 몇 주였는지 몇 달이었는지 지난 후 남편은 이 세상을 떠났다. 나는 남편이 강의실에 가져온 그런 향기로운 커피를 두 번 다시 마실 수 없었다.

4

죽으려는 용기냐, 살려는 용기냐?

죽을 용기보다 살 용기를 택한 선택의 열매를 즐기게 되었다.
우리가 가지고 있는 것으로 우리의 생을 다시 세워 나갔다.

그들은 나와 남편의 등을 떠밀었다

남편이 한국에서 미국 오하이오주 털리도로 온 이후, 내가 2년 동안 반지하에서 키워 온 사역을 맡게 되었다. 그는 점차로 한인 중심의 사역에서 미국 대학생 사역으로 바꾸어 나갔다. 내가 간호사 일을 하며 병원에서 벌어 온 수입으로 우리 가족의 생활비와 교회에 필요한 경비를 충당했기 때문에 물질적으로는 힘들었다. 그러나 캠퍼스 사역이 성장하고 있어서 행복과 기쁨이 있었다.

힘들기는 했으나 정겨웠던 결혼 생활은 짧게 끝이 났다.

먼저 한국 여자 선교사님들의 나에 대한 태도가 변해가고 있었다. 교회를 일으켜 세워 나가고 있을 때 그들은 내가 하는 일에 대해 최선을 다해 도와주었다. 내가 방향을 제시하면 모두 잘 따라주었다.

남편이 교회를 맡게 된 이후 나에 대한 그들의 태도는 무시하고 거부하는 빛이 뚜렷했다. 남편은 그들과 함께 일해야 했다. 마침내 남편은 나와 함께 일하느냐, 그런 여자 선교사님들과 함께 일하느냐 선택해야 하는 상황에 이르게 되었다. 그들이 반발하고 뒤에서 비틀면 아무것도 할 수 없었다. 유능한 리더는 결코 혼자서 될 수는 없는 것이다. 주위의 사람들이 잘 도와주면 유능한 리더가 되고, 주위의 사람들이 방해하면 그는 쓰러지고 만다. 남편은 그들의 협조가 필요했다. 남편은 점점 그들에게 향해 가고 나를 멀리하기 시작했다.

이런 일은 수년 동안 지속되면서 갈수록 악화되었다. 나의 가정 생활은 점점 악몽으로 변해갔다. 결혼 초기에 보았던 남편의 따듯한 사랑은 옛 추억이 되었다. 결혼 초에 나에게 보여주었던 남편의 사랑을 되새겼다. 좋은 남편이지만 나를 멀리하도록 조정되고 있다고 생각했다.

그러나 지나간 사랑을 기억해보는 것으로 현재의 상황을

헤쳐 나가기는 역부족이었다. 나는 격리되어 혼자 싸우고 있다는 느낌이었다. 교인들의 대화에서 나를 비난하는 말들을 들을 수 있었다.

내가 허리에 통증이 있을 때, 한 여신도는 "하나님께서 너의 허리를 치셨다"라고 내게 말했다. 또 "기도를 하지 않고 자기 생각만 한다"라는 말도 돌았다. 이 말이 내포하고 있는 의미는 내가 하는 말은 영적인 말이 아니고 그저 내 머리에서 나오는 인간적인 말이라는 뜻이었다. 결국 내가 하는 말을 듣지 말라는 것과 마찬가지였다.

이 미묘한 말들은 나를 무시하도록 만들기 위해 교묘하게 고안된 것이었다. 아무나 그렇게 말할 수 있는 것이 아니었다. 이는 말솜씨 좋은 베테랑의 입에서 나온 것이 분명했다. 나에 대한 비난은 교회 내에 기정사실로 자리잡게 되었다.

구덩이 밖으로 나가고 싶지도 않은 심정

나는 건강을 잃어가고 있었다. 먼저 식욕이 떨어져 음식을 먹을 수 없었다. 점차 몸무게가 내려가기 시작했다. 평균 체중은 55킬로그램 정도인데 45킬로그램 이하로 내려갔다. 그 후 얼마나 더 내려갔는지는 몰랐다. 피부 아래로 뼈가 드러나기 시작했다. 남편은 나의 마른 모습을 보면 자기 마음이 쉼을 얻지 못한다고 체중을 늘리라고 했다. 여자는 어느 정도 살이 붙고 넉넉해 보여야 마음이 편하다는 것이었다.

체중을 좀 늘리려고 노력했다. 병원에 근무 나갈 때마다 캐러멜을 먹었다. 병원 안의 가게에서 하나에 5센트를 주고 샀다. 몇 달 후 치과에 갔는데 의사가 새로 생긴 충치 7개를 치료해주었다. 입안 여기저기에 마취제 주사를 놓는데 눈물이 찔끔찔끔 나왔다. 치과 의사는 점심시간에 매일 캐러멜을 먹는 것은 치아에 아주 해로운 일이었다고 경고했다.

그래도 몸무게는 늘지 않고 내려만 갔다. 식욕을 잃은 것에 더해 불면증도 큰 문제였다. 그때까지 잠을 못 이루어 애먹은 적이 없었다. 낮 동안 열심히 힘들게 일하고 밤에는 폭삭 쓰러져 5분 이내로 잠이 들고는 했다. 하지만 낮 동안 고되게 일했어도 밤에 잠이 오지 않았다. 몸은 피곤한데 마음이 깨어 있어 이삼 일 잠을 못 자도 졸리지 않았다. 나는 길고 긴 밤들을 어둠 속에서 깨어 있었다.

입맛이 없고 불면증에 시달리는 것이 우울증의 한 증상이라는 것을 깨달았다. 나는 우울증을 앓고 있었다. 내 마음은 모든 것을 포기했다. 아무것도 하고 싶지 않았다. 아무것도 상관하기 싫었다. 생명은 나에게서 떠나갔다. 육신은 살아 있었으나 내 안에 생명은 없었다. 나에게는 아무런 희망도, 하고 싶은 소원도, 동기도, 의미도 없었다.

그때 우울증을 앓고 있는 내 마음의 상태를 말로 표현할 수는 없으나 그림으로는 표현할 수 있다. 내가 깊이 파인 구덩이 밑에 혼자 앉아 있는 모습이었다. 구덩이 바닥에 앉아 움직이지도 않았다. 움직이고 싶지도 않았고 구덩이 밖으로 나가고 싶지도 않았다. 내 마음은 텅 비어 있었고, 구덩이 안에 갇힌 의미 없는 존재였다. 나를 험담하는 교인들은 마치 하나님께서 나를 벌하신 것처럼 바라보았다. 그런 상황에서도 나는 가족의 생활비, 교회에 들어가는 경비를 벌려고 병원 근무를 계속했다.

내가 살고 있는 상황에 대해 아무런 해결책이 없다는 것을 느끼게 되었다. 고통스러운 상황에서 탈출할 수 있는 출구를 찾고 있었다. 사는 것이 너무 고통스러웠기 때문이었다. 이 고통 속에서 더 이상 나아갈 수 없었다.

내가 잘못한 것이 무엇인가? 내가 지은 죄는 홀로 털리도에 와서 교회를 시작한 것뿐이었다. 그것이 나의 죄였다. 그

우울증을 앓고 있을 때 나는 깊이 파인 구덩이 밑에 혼자 앉아 있었다.
움직이고 싶지도 않았고 구덩이 밖으로 나가고 싶지도 않았다.

들은 그것 때문에 나를 벌하고 있었다. 나와 남편이 섬기던 사역을 빼앗기 위해서 먼저 나를 제거한 것이었다.

자살을 생각하기 시작했다. 그러자 고향에 계신 부모님이 생각났다. 나의 자살로 인해 부모님이 얼마나 마음에 상처를 입고 고통스러워 하실까 생각하니 마음이 너무 무거웠다. 부모님을 위해 자살은 하지 않기로 결심했다.

문제는 갈수록 악화되었다. 남편과 나 사이에는 아무런 대화가 없었다. 남편의 태도에서 그가 나와 결혼한 것을 후회하는 것을 느꼈다. 일단 결혼했으니 나를 어쩔 수 없이 아내로 데리고 있을 수밖에 없다는 태도였다. 나는 말했다.

"이런 것은 결혼 생활이 아니니 이렇게 살 바에는 이혼합시다."

그러나 남편은 단호하게 대답했다.

"안 돼."

그는 실패한 결혼 생활을 포장하기 위해 나를 아내로 옆에 두려고 하는 것 같았다.

또다시 자살을 생각했다. 나의 부모님이 받을 고통도 이제 문제가 되지 않았다. 더 이상 살아갈 수 없었다. 어서 그 고통에서 벗어나야 했다. 그때 나는 지옥을 생각했다. 자살을 하는 사람들은 누구나 지옥에 간다고 믿었다. 자살은 하나님이 주신 생명의 선물을 하나님 앞에 던져버리는 행위라고 배웠다. 지옥에 가서는 안 된다는 생각이 들었다. 영원한 불길이 무서웠다. 또 자살하지 않기로 작정했다.

그렇게 또 몇 달이 지났다. 이제 지옥에 가는 것도 어쩔 수 없다고 생각했다. 이미 지옥에서 살고 있었다. 다만 이지옥에서 저 지옥으로 가는 것뿐이었다. 나는 마침내 자살하기로 굳게 결심했다.

처음으로 죽음을 생각하다

나는 일생을 사는 동안 항상 진리를 추구한다고 믿었다. 생각의 자유와 선택의 자유를 가지고 살았다. 그 자유는 내가 혼자서 자유로울 때 가능한 일이었다. 통제된 범위 안에서 그 자유가 없었다. 통제된 범위 안에서는 둘 중 하나를 택해야 했다. 순종적인 추종자가 되든지, 아니면 본보기로 처벌받는 희생양이 되는 것이었다. 나는 죽음을 택했다.

자살할 계획을 세워 나갔다. 나의 죽음이 의미 있게 성공하려면 사전의 치밀한 준비가 필요했다. 목적은 죽는 것이었다. 그러나 죽기는 죽되 내가 받은 상처보다 더 큰 상처를 남편에게 주고 싶었다. 총이나 칼을 쓰는 것은 너무 간단해서 남편에게 별 상처를 남기지 않을 것 같았다. 그는 내가 죽은 후 곧바로 돌아서서 다른 여자와 결혼할 것이고 나는 금방 잊혀질 것이었다.

어떻게 하면 나의 죽음을 통해 남편이 평생 괴로워하며 살게 만드나 생각했다. 나의 죽은 몸, 죽은 이미지가 남편의 기억 속에 각인되어 삶의 마지막까지 괴롭히기를 원했다. 그런 효과를 위해서 부엌에서 목을 매달아 죽기로 작정했다. 어두운 밤중에 남편이 음료수나 간식거리를 찾아 부엌에 들어오면 그때 천장에 매달려 있는 나를 보게 될 것이다. 극적인 효과를 더하기 위해 귀신처럼 보이도록 흰색의 길고 느슨한 옷을 입기로 했다. 이같이 세세하게 준비하는 데 6개월이 걸렸고, 마침내 실행할 날짜를 정할 일만 남겨 두었다.

하루는 내가 부엌에 있을 때였다. 부엌 한쪽에 큰딸이 혼자 서 있었다. 아마도 대여섯 살 정도였을 것이다. 그런데 딸의 얼굴에 눈물이 흐르고 있었다. 큰딸은 아무 소리를 내지 않고 조용히 울고 있었다. 그저 소리 없이 눈물만 흘리고 있었다. 아이가 왜 그렇게 우는지 마음에 걸렸다. 대개 아이들은 울 때 큰소리를 내게 마련이다. 내가 어렸을 때도 그랬다. 온 힘을 다해 큰소리로 울어서 집안 식구들에게 내가 울고 있다는 것을 알렸다. 큰딸이 소리를 지르며 울었다면 별 상관을 하지 않았을 것이다.

딸아이는 남편과 나의 갈등 사이에 끼어 있었다. 남편은 내가 마치 존재하지 않은 것처럼 무시했고, 나는 죽음만을 생각하고 있었다. 딸아이는 부엌 한쪽에 서서 왜 우는지 말하지 않고 눈물만 줄줄 흘리고 있었다. 얘가 배가 고픈가? 어디 아픈 데가 있나? 그러나 왜 우는지 물어보지 않았다.

나는 생각에 잠겼다. 내가 없어지면 남편은 다른 여자와 결혼할 것이다. 나의 딸은 그 새엄마 아래서 살아갈 것이다. 늘 저렇게 혼자 서서 소리 없이 눈물만 흘리면서 자랄지 모른다. 집 한쪽 구석에서 자신의 문제를 말하지 못하고 소리 없이 울 것이다.

그런 생각에 마음이 찢어지는 것 같았다. 안 돼! 내 딸에게 절대로 그런 일이 있어서는 안 돼! 내 딸이 그렇게 자라서는 안 돼! 내 딸의 얼굴에는 눈물 대신 웃음이 가득해야 해! 나는 딸아이의 생명이 이 세상에 태어나게 했다. 나에게는 딸을 잘 키워야 하는 책임이 있다. 나는 그 책임감을 던져버리려 한 것이었다. 내 마음은 딸 때문에 갈갈이 찢어졌다. 내 안에 살아야 할 모든 이유가 다 사라졌는데도 아직 모성애만큼은 시퍼렇게 눈을 뜨고 있었다.

다시 생각하게 되었다. 죽는다는 것은 많은 용기를 필요로 한다. 내게는 죽을 용기가 있다. 나에게 살 용기는 없나? 산다는 것도 많은 용기를 필요로 한다. 나는 내 딸을 위해 살 용기가 없나? 내 딸의 얼굴에 미소를 가져오기 위해 저 통제된 집단과 맞서서 살아갈 용기가 없나? 저 지옥 같은 생활로 다시 돌아가 살아낼 수 있을까?

나에게 죽을 용기가 있었다. 그렇다면 딸을 위해 살 용기도 있을 것이다. 나는 살 것이다. 내 딸을 위해 살아낼 것이다. 살려고 투쟁할 것이다. 내 딸을 보호하기 위해 살 것이다. 살아서 내 딸의 얼굴에서 미소를 볼 것이다. 마침내 나는 살기로 결심했다.

우울의 덫에서 빠져나오게 한 모성애

이 결심으로 나는 죽음의 덫에서 빠져나왔다. 동시에 우울증의 감옥에서도 벗어나게 되었다. 나에게 살아야 할 목적이 생긴 것이다. 살아야 할 의욕이 생긴 것이다. 하나님께서 나의 딸을 보여주시고 나의 모성애를 움직여 자살 계획을 중지시키신 것이다.

그 이후 나에게는 살아야 하는 분명한 이유가 생겼다. 비로소 먹기 시작했다. 아직 입맛은 없었으나 살려면 먹어야 했다. 음식을 애써 입안에 밀어넣었다. 내 딸아이를 보호하려면 먼저 나 자신이 강해져야 했다. 내 딸이 행복하면 나도 행복할 것이었다.

서서히 육신의 건강과 함께 정신의 건강도 회복해갔다. 외부 환경은 아무것도 바뀌지 않았지만, 내 안의 마음이 바뀐 것이었다. 살아야 한다는 나의 의지, 나의 목적이 내 안에서 폭풍처럼 자라고 있었다. 나를 무시하고 거칠게 대하던 남편과 교인들도 마주할 수 있는 힘이 생겼다.

내 얼굴이 점점 두꺼워지기 시작했다. 나에 대한 험담이나 거친 말을 하고 싶은 대로 해도 괜찮다는 자심감이 생겼다. 나에게는 이루어야 할 목적이 있었다.

그 후 2~3년이 지났다. 그날은 추수감사절이었다. 교회의 각 가정에서 음식을 한 가지씩 가져와서 추수감사절을 준비했다. 커다란 직사각형 식탁에 모두 둘러앉아 식사를 하기 직전이었다. 한 여자 선교사님이 큰소리로 남편에게 대들기 시작했다.

"당신은 어제 우리에게 방향을 주었습니다. 그러나 집에 가서 당신 아내의 말을 들은 뒤 그 방향을 바꾸고 오늘 우리에게 다른 방향을 주었습니다!"

쏟아지는 눈물을 주체할 수 없어 그 자리를 박차고 나갔다. 내가 떠난 뒤 무슨 일이 있었는지 몰랐다. 아마 그들은 하나님께 감사드리고 차려진 음식을 잘 먹었을 것이다. 남편이 그 전날 교인들에게 무슨 방향을 주었는지, 그리고 그 다음날 무슨 다른 방향을 주었는지 아무것도 몰랐다.

추수감사절 이튿날 나는 그 여자 선교사의 아파트로 찾아갔다. 그리고는 정중하게 말했다.

"나는 지난 3주일 동안 남편과 말 한마디한 적이 없습니다. 어제 왜 내가 남편과 이야기를 나누었다고 말했나요?"

그 선교사님은 시카고에서 온 분인데, 자신이 시카고를 떠나기 직전에 그곳의 최고 지도자가 말하더라는 것이다.

"털리도 사역은 제임스 김 선교사가 자기 아내 말을 듣기 때문에 내려가고 있다."

그래서 당연히 그러리라고 생각했다는 것이었다. 교회 최고 지도자의 말은 곧 진리요, 하나님의 말씀으로 받아들여졌다. 교인들은 그의 말에 근거해서 행동할 때 자신들이 진리에서 있다고 믿었다. '그가 그렇게 말했다. 그래서 나도 그렇게 말했다. 그가 그렇게 행동했다. 그래서 나도 그렇게 행동했다.' 교인들의 잘못된 행동은 '그가 말했다', '그가 행동했다'로 정당화되었다. 그들은 독립적인 사고의 기능을 잃어버렸을 뿐 아니라 마음의 양심마저 잃어버렸다. 그러나 그 여자 선교사는 양심을 잃어버리지는 않았다. 나에게 정직하고 솔직하게 털어놓았다.

지난 수년 동안 예상만 했는데 그날의 증인으로부터 확실한 말을 듣게 되었다. 진심으로 그 여자 선교사에게 감사했다. 그녀의 정직성을 존경했다. 앞으로 가까이 지내고 싶은 가치 있는 분이었다.

인류의 첫 살인은 시기심

나는 그분에게서 들은 증언을 토대로 나의 상황을 재점검했다. 내가 성경 말씀을 통해 배운 바가 있다. 인류의 첫 살인은 돈을 훔치려는 강도도 아니었고, 사랑의 삼각관계도 아니었고, 복수나 보복도 아니었다. 그것은 하나님을 믿는 사람의 영적인 질투심이었다. 두 형제가 하나님께 예물을 드렸다. 하나님께서 한 형제의 예물은 받으시고, 다른 형제의 예물은 거절하셨다. 하나님으로부터 거절된 형은 하나님께서 예물을 받으신 동생을 살해했다.[창세기 4: 8]

예수님께서 죽임을 당하신 것은 강도질도, 사랑의 삼각관계도, 복수나 보복도 아니었다. 하나님의 성전에서 하나님을 믿는 자들의 영적인 시기심이었다.[마가복음 15: 10]

사람 사는 곳이면 어디든지 시기심이 만연하다. 학교, 직장, 연인 사이, 사업가들 사이, 또 정치나 경제 전문직 어느 분야에도 시기심이 들락날락하고 있다. 그러나 영적인 시기심이 인류 제1번으로 살인의 기록을 남겼다.

나는 초등학교 4학년 때 처음으로 우리 반 아이들이 나를 시기하고 있는 것을 알게 되었다. 누구가 나를 시기하면 그 사람이 나를 시기하고 있다는 것을 이성으로 깨닫기 전에 내가 먼저 느낌으로 알았다. 다른 사람이 나를 시기할 때 직감적으로 그 냄새를 맡았다. 나는 그렇게 자랐다. 나의 감각은 그렇게 아주 민감했다.

상대방의 눈을 단 2초만 보아도 알 수 있다. 그 사람 마음에 있는 시기심이 눈에 나타난다. 그러면 나는 그 사람과 거리를 둔다. 그런 사람과 가까이하면 좋은 일이 하나도 없다. 그러나 교회 안에서는 도망갈 곳도 숨을 곳도 없었다. 그때는 집과 교회가 분리되지 않아 모든 교회 행사를 집에서 가졌기 때문이었다.

성공한 사람은 그 성공 이후로 시기심이 따른다는 것을 알아야 한다. 그는 성공과 시기를 모두 잘 다룰 수 있어야 한다. 미식축구에서는 공격과 방어 양면에 모두 강한 팀이 승리하게 된다. 성공을 관리하는 것은 공격과 같고, 시기를 관리하는 것은 방어와 같다. 성공한 사람이 시기심을 잘 다루지 못하면 그의 성공은 오래가지 못한다. 시기심의 피해자가 되기 쉽다. 성공한 사람이 자기 성공에 도취해 있으면 자기에게 가까이 다가오는 시기심의 위험을 볼 수가 없다.

내가 털리도에 도착한 이후 미국 대학생 사역이 시작되자 남편과 나는 다름아닌 바로 하나님을 믿는 사람들의 시기의 대상이 되었다. 남편은 그것을 몰랐지만 나는 알고 있었다.

그룹의 리더가 시기심이 많은 사람일 때 그 리더 아래에 있는 사람은 너무 잘해서는 안 된다. 너무 잘하게 되면 오히려 그 리더의 시기의 타깃이 될 수 있다. 사울왕의 시기심은 일

등 가는 장군 다윗을 쫓기 시작했다. 다윗 장군이 너무 잘했기 때문이었다. 리더가 시기심이 많은 사람일 때는 중간 정도만 하는 것이 안전하다. 남편이 중간 정도만 하기를 바랐으나 너무 잘해버렸기 때문에 오히려 걱정을 했다. 시기하던 리더는 제임스 김 선교사가 아내 말을 듣기 때문에 털리도 사역이 내려가고 있다는 말을 흘려서 먼저 나를 제거하려 했다. 그 소문은 아주 효과가 있어서 남편과 여자 선교사들이 나에게 등을 돌리게 만들었다.

다음 단계는 남편이 제거되는 일이었다. 남편이 제거되면 마침내 시기하던 자가 사역을 차지하는 형국이었다. 내가 이것을 어떻게 알고 있느냐 하면, 그 교회 시스템에서 그런 일이 일어나는 것을 보았기 때문이었다.

남편은 피해자였다. 첫 번째 피해는 남편이 나를 버림으로 아내를 잃어버리는 것이었고, 두 번째 피해는 자신의 직위와 사역을 잃어버리는 것이었다. 다만 남편은 해고되는 그 순간까지 모르고 있을 뿐이었다. 그들이 남편을 버리는 그날이 내가 나의 남편을 되찾는 날이었다. 그날이 언제가 될지 모르나 그날을 기다리기로 결심했다. 그날이 오면 온 가족이 함께 떠날 거라고 마음먹었다.

죽을 용기보다 살 용기를 택한 선택의 열매

그 몇 년 후 바로 그날이 왔다. 남편은 시카고에 있는 본부에 초대되어 가서 거기에 머물고 있는 동안 털리도 교회에서는 한 형제 선교사가 자신이 새 지부장이라고 소개했다. 남편은 자신의 부재중에 직위가 박탈당하고 사역이 다른 사람에게 주어진 것을 모르고 있었다.

이 일에 나는 아무 관련이 없었다. 그래야만 남편이 잘나가던 자기 인생을 내가 망치고 있다는 생각에서 벗어날 수 있었기 때문이었다. 나는 전혀 관여되어 있지 않아 남편은 더 이상 나를 원망할 수 없었고, 마침내 10여 년 죄인 취급을 받다가 무죄임이 판명되었다. 남편이 이것을 알게 되어 만사가 오케이였다.

> 내가 사망의 음침한 골짜기로 다닐지라도 해를 두려워하지 않을 것은 주께서 나와 함께 하심이라 주의 지팡이와 막대기가 나를 안위하시나이다.
>
> [시편 23: 4]

뒤돌아보면 나의 고통은 10년쯤 계속된 것 같다. 이때가 일생에서 가장 어두웠던 시기였다. 나는 그 어두운 시기를 견디고 버텨낸 생존자였다. 이제 잃어버렸던 남편을 되찾았다. 남편의 마음은 내 마음보다 더 깊은 상처가 나 있었다. 우리 가족은 털리도를 떠나 휴스턴으로 갔다.

우리는 모든 것을 잃고 상처 난 가슴을 안고서 밑바닥부터 다시 시작했다. 그러나 우리에게는 좋은 일도 있었다. 남편은 나의 행복한 얼굴을 다시 보게 되었던 것이다. 나를 향한 남편의 사랑 어린 눈길을 보았다. 큰딸의 얼굴에서 미소를 보았다. 딸의 미소를 볼 때마다 무척 행복했다. 딸의 미소는 내가 살기로 결심한 이유였다.

나는 죽을 용기보다 살 용기를 택한 선택의 열매를 즐기게 되었다. 우리는 우리가 가지고 있는 것으로 우리의 생을 다시 세워 나갔다.

5

한 걸음만 앞으로

하루에 한 걸음 앞으로 전진하는 한 모두 잘하고 있는 것이다.
나는 우리가 행동한 아주 미미한 것에 감사하게 되었다.

은행에서 집까지 12킬로미터를 걷다

그날은 토요일이어서 은행이 오전 반나절만 문을 열었다. 나는 은행에 들러 얼마간의 돈을 입금한 뒤 밖으로 나왔다. 주차장에 있는 내 차로 돌아왔는데 차 키가 없었다. 그제야 키를 안에 두고 차 문을 잠가버렸다는 것을 알았다. 도움을 받기 위해 은행으로 갔는데 업무 시간이 넘어 은행 문마저 잠겨 있었다.

다시 주차장으로 갔다. 다행히 손에 휴대폰은 들고 있었다. 남편은 휴스턴을 떠나 있었기에 도움을 청할 수 없었다.

집에 전화를 걸었다. 큰딸이 집에 있으면 자기 차로 은행까지 와서 나를 데려갈 수 있었다. 그런데 아무도 전화를 받지 않았다.

누구에게 전화를 해서 도움을 받을까 생각했다. 내가 아는 분들은 대부분 주말에 일을 하고 있었다. 운전을 해서 올 수 있는 한 분이 생각났다. 하지만 차마 그에게 도와달라고 요청을 할 수 없었다. 얼마 전에 그가 나에게 운전해서 학교까지 데려다 달라는 부탁을 거절했기 때문이었다. 나는 이미 그분을 위해서 여러 번 운전을 해주었는데, 이제 자신의 차를 마련하라는 뜻에서 거절했던 것이다. 그 후 그는 차를 사서 직접 운전하게 되었다. 그래도 한 번 거절한 것이 마음에 걸려서 부탁을 할 수 없었다.

택시를 부르면 10달러 정도는 될 것 같았다. 돈을 다 입금해버려서 손안에 한푼도 가지고 있지 않을뿐더러 택시비로 10달러를 쓰고 싶지도 않았다. 결국 은행에서 집까지 걸어가기로 마음먹었다. 은행에서 집까지는 12킬로미터쯤 되는 거리였다.

집을 향해 걷는 동안 왜 하나님께서 나에게 이런 어려움을 주셨는가 생각해보았다. 하나님께서 내가 돈이 필요한 것을 아시고 길가에 있는 돈 뭉치를 발견하도록 길을 걷게 하신 것이라고 판단했다. 그래서 길을 걸으면서 이리저리 주위를 살폈다. 특히 잡초가 무성히 자란 곳을 눈여겨보았다. 그러나 아무것도 발견하지 못했고, 그것이 나를 걷게 하신 하나님의 의도가 아니었다는 것을 깨달았다.

노래를 부르면서 걸었는데, 너무 지루하다보니 노래 부르는 것도 싫증이 났다. 고린도전서 15장 1절에서 58절까지 영어로 암송했는데, 그것도 싫증이 났다. 두 다리로는 걷고 있었으나 머리로는 할 것이 없었다. 생각할 것 없는 시간이 너무 길어 지루했다.

류머티즘 관절염까지 이겨낸 희망

그때 나는 류머티즘 관절염을 가지고 있었다. 류머티즘 증상이 나타난 곳은 왼쪽 무릎이었다. 왼쪽 무릎이 심하게 부어서 걷지 못할 때도 있었다. 나는 류머티즘 전문의에게 진료받는 환자였고, 그가 처방해준 약을 복용하고 있었다. 그 의사를 2주에 한 번씩 만났다.

류머티즘 전문의에게 마지막으로 진료를 받던 날, 이렇게 물었다.

"선생님, 류머티즘 관절염의 치료는 어떻게 합니까?"

그분이 대답했다.

"내가 그 답을 알면 수백만, 수천만 달러를 벌게 될 것입니다. 치료법은 아직 없습니다."

나는 또 물었다.

"치료법이 없는데 왜 제가 여기에 2주에 한 번씩 와야 합니까?"

의사 선생님이 답했다.

"무릎이 심하게 부어오르면 그때는 제가 당신을 도울 수 있습니다. 어떻게 해야 하는지 알고 있습니다."

그것이 내가 그 의사를 본 마지막이 되었다. 가지고 있는 약을 다 먹은 뒤 더 이상 진료 받지 않았다.

그 의사에게 다시 가지는 않았지만, 류머티즘 관절염에 대해 매우 조심했다. 토마토와 가지를 더 이상 먹지 않았다. 토마토와 가지는 나이트셰이드nightshade 종류에 속하는데, 나이트셰이드는 미량의 독성이 있는 식물이다. 식품점에서 세르토certo와 포도 주스를 사서 준비해두고 먹었다. 세르토는 주로 집에서 젤리를 만들 때 사용하는 재료로, 2달러면 한두 패키지를 살 수 있었다. 나는 이것을 통증 완화제로 먹고는 했다.

신발 안쪽에 푹신한 패드를 한 겹 더 깔았다. 길을 걸을 때는 되도록이면 딱딱한 콘크리트 바닥은 피하고 흙이나 잔디 위로 걸어서 무릎 관절에 오는 충격을 줄이고자 했다. 비가 내리기 하루나 반나절 전에는 두 무릎이 심하게 아파와서 괴로웠다. 그러나 이제는 류머티즘 전문의를 안 본 지 20년이 넘었는데 무릎이 한 번도 부어오르지 않았다. 하나님께서 불치의 병이라는 류머티즘를 낫게 하신 것 같다.

그래서 은행에서 집까지 걷는 동안 혹시나 무릎에 무리가 갈까봐 염려가 되어 마음이 무거웠다. 반 정도 되는 거리를 왔을 때, 내가 그만큼 걸었다는 사실에 놀라지 않을 수 없었다. 엄청난 성과를 이룬 것이었다. 내가 어떻게 해냈지? 나는 그저 한 걸음 한 걸음 앞으로 내딛었을 뿐이었다. 그 한 걸음 한 걸음이 모여서 6킬로미터라는 먼 거리를 만든 것이었다. 나 스스로 매우 놀라웠다.

나머지 반 정도의 거리를 앞에 두고 자신감이 생겼다. 이제 반만 더 걸으면 집에 도착한다는 희망이 솟구쳤다.

“오케이, 나는 할 수 있어. 한 발씩 한 발씩 앞으로 나가기만 하면 돼."

전혀 어려운 일이 아니었다. 내가 선 그 자리에서 한 발만 앞으로 가면 되는 것이었다. 집까지 남은 절반의 거리를 걷는 것은 가볍고 쉽고 또 즐거웠다. 마침내 집에 도착했다. 걷는 데 걸린 시간은 1시간 30분 정도였다.

먼 거리를 걸으면서 깨달은 가르침

여기서 의문이 하나 생겼는데, 그 답을 찾아야 했다. 첫 번째 절반의 거리를 걸을 때, 컨디션도 좋고 에너지도 더 충만했다. 그런데 그 첫 번째 절반을 걸을 때 더 힘이 들었다. 나머지 절반을 걸을 때 더 피곤하고 힘들었어야 했다. 이미 6킬로미터를 걸었기 때문이다. 그러나 정반대였다. 두 번째 절반의 거리를 걸을 때 더 쉽고 더 가볍고 더 즐거웠다.

왜 그럴까? 논리적으로 생각해보면 전반부에 걷는 것이 더 쉽고 후반부에 걷는 것이 더 힘들고 피곤해야 한다. 그런데 실제 걸어보니 그 반대였다. 나는 전반부에 더 피곤하고 힘들었고 후반부에 오히려 컨디션이 좋았다.

내가 전체 거리를 직접 걸어보지 않았더라면 그 사실을 결코 몰랐을 것이다. 그래서 하나님께서는 내가 은행에서 집까지의 거리를 직접 걸어보게 하셨다. 직접 걸어봄으로써 하나님께서 가르치고자 하는 것을 배울 수 있기 때문이었다.

하나님은 나에게 무엇을 가르치기를 원하셨나? 나는 무엇을 배웠나?

전반부에서는 내가 항상 해오던 방법대로 전체 상황을 보았다. 큰 그림을 본 것이다. 걸어야 할 거리가 얼마나 되나? 나의 신체 조건은? 나에게 얼마만 한 힘이 있나? 시간은 충분한가? 이것이 나에게 힘에 겨운 걷기가 될 것을 알았다. 무릎을 다칠 경우 길에서 쓰러질 수도 있었다. 나는 힘겨운 상황을 결단력으로 밀어붙이고 있었다.

후반부에서는 한 걸음 한 걸음이 모여서 6킬로미터라는 믿을 수 없는 긴 거리를 만들었다는 것을 배웠다. 나는 다만 한 걸음만 앞으로 내디디면 되었다. 그러면 내 앞에 있는 거리는 아주 간단한 공식으로 마칠 수 있었다. 즉, 한 걸음만 앞으로….

이것은 생각의 차이다. 내가 힘든 상황을 어렵게 도전한다는 것을 알고 있을 때 마음은 몹시 무거웠다. 마음이 힘드니 몸도 힘들었다. 그것이 전반전을 걸을 때의 상태였다.

후반전을 걸을 때 생각이 바뀌었다. 나는 다른 각도로 생각했다. 한 발짝만 앞으로 가자고 생각했고, 걸어야 할 거리도 반밖에 되지 않았다. 아주 간단하게 쉽게 생각했다. 마음이 가벼우니 몸도 가벼워졌다. 간단하고 쉽게 생각하니 마음의 무거운 짐에서 해방이 되었다. 목표를 달성하는 것이 얼마나 쉬운가 깨닫게 되었다.

"한걸음만 앞으로!"

그것이 그날 하나님께서 걷기 훈련을 통해 나를 가르치신 교훈이다.

이는 마치 큰 바위 하나를 옮기는 것과 같다. 나는 바위의 무게를 가늠하고 자신의 힘을 계산한다. 결론은 '저 무거운 바위를 움직일 수 없다'가 되고 곧 포기하기로 결정한다. 그러나 그 바위를 조그만 돌멩이로 부수어 그 작은 돌멩이들을 하나씩 하나씩 옮긴다면 시간은 오래 걸리더라도 결국에는 다 옮기게 된다. 한 가지 방법으로 불가능해 보이는 일이어도 또 다른 방법으로는 가능할 수 있는 것이다.

그렇게 걸어서 집에 도착하니 딸들이 집에 있었다. 같이 영화를 보고 있었다. 내가 데려가주기를 바라며 전화했을 때 영화를 보느라고 전화벨 소리를 듣지 못했거나 전화를 받고 싶지 않았을 것이다. 딸이 나의 전화를 받고 나를 데리러 은행까지 왔더라면 나는 하나님의 가르침을 놓쳤을 것이다.

매일 아주 조금만 앞으로

하나님께서 내가 '한 걸음만 앞으로'를 배우기 원하시는 데는 다 이유가 있었다. 그때 우리는 휴스턴 CMI 교회를 세워가려고 노력하고 있었다. 교인들은 우리 가정, 다른 한 가정, 이삭 선교사님과 존 선교사님이었다. 그런데 다른 한 가정이 교회를 떠나기로 결정했다. 그래서 남은 교인들은 우리 가정, 이삭 선교사님, 존 선교사님이었다.

한 가정이 떠나는 것은 그만큼의 빈 공간이 생기는 것이 아니었다. 남은 교인들의 마음 전체가 텅비어 버렸고 힘이 다 빠져 낙심하게 되었다. 허전한 가슴을 안고 남은 교인들은 마음을 추스려 교회를 다시 세워가야 했다. 너무 힘든 일이었다. 그 힘든 일을 하고 싶지 않았다. 그래서 내 마음의 교회 문을 닫기로 마음먹었다.

나는 내가 하고 싶은 것을 다 이루었다. 한국에서 최고의 엘리트와 결혼하고 싶었는데, 이 소원을 이루었다. 미국 대학생 사역을 하고 싶었는데, 그 소원도 이루었다. 더 이상 내 생명을 바치면서 이루고 싶은 소원이 없었다. 뭐가 아쉬워서, 무엇 때문에 한 가정이 떠난 후 교회를 다시 세워보려고 생고생을 해야 하나?

남편도 내가 전적으로 헌신하지 않으면 아무것도 할 수 없었다. 나는 교회를 시작하고 세워가는 것이 얼마나 힘든 일인 줄 잘 알기 때문에 더 이상 애쓰지 않기로 결심한 것이다. 이제는 과거에 이루었던 업적을 되새기면서 여유롭게 살아갈 때가 된 것 같았다.

하나님께서는 이런 나의 마음을 아셨다. 하나님께서는 내가 포기하지 않도록 가르치신 것이다. 하나님께서는 내가 무엇을 해야 하는지 가르치셨다.

"매일 한 걸음 앞으로 움직이라!"

나는 서 있었다. 서 있는 그 자리에서 한 걸음 앞으로 나아갔다. 할 수 있었다. 또 다른 발로 한 걸음 나아갔다. 할 수 있었다. 너무 쉬워서 그것을 못할 사람은 세상에 없을 것이다. 이런 식으로 무엇을 성취한다는 것은 너무 쉬웠다. 뒤로 가서는 안 된다. 그 자리에 그대로 있어서도 안 된다. 매일 아주 조금만 앞으로 움직이면 된다.

주님께 대답했다.

"주님, 저는 할 수 있습니다."

휴스턴 CMI 교회를 매일 한 걸음 앞으로 나아가는 방법으로 섬길 것을 결심했다. 두 걸음 앞으로 나아가지 않을 것이다. 나는 꼭 한 걸음만 나아갈 것이다.

그러자 새 교회를 세워가야 한다는 데서 오는 압박감, 어려움, 부담감이 내 마음에서 모조리 사라졌다. 마음이 홀가분해졌다. 나는 습관적으로 생각하게 되었다.

"지금 현시점에서 우리는 어떻게 한 발만 앞으로 움직일 수 있나?"

과거에 많이 해봤고 들어봤던 것들을 다 내려놓았다. 도전하는 결심, 열 단계, 믿음의 결단, 허리를 휘어지게 하는 힘든 목표의 달성…. 이제 뛰어넘어야 하는 것은 없었다.

오늘 우리는 그저 어제보다 눈곱만큼 더 좋아졌다. 내일은 오늘보다 또 눈곱만큼 더 좋아질 것이다. 그 변화가 너무 미미해서 사람의 눈에는 보이지 않을 수 있다. 우리는 우리의 미래를 하나님의 손에 맡기고 아주 천천히 앞을 향해 움직이고 있었다.

과거 나의 사고방식은 이랬다.

— 전체의 그림을 보고 분석한다.

— 이루고자 하는 목표와 시간을 설정한다.

— 나 자신과 주위의 사람들에게 강요한다.

— 목표는 이루어진다.

이렇게 하면 하고자 하는 일은 달성할 수 있었으나 그 과정에서 나 자신과 주위 사람들에게 무거운 부담감을 주었다. 높은 성과를 요구했다. 좋게 말하면 추진력이 있었고, 나쁘게 말하면 강제성이 있었다.

그런 사고방식의 첫 번째 피해자는 나의 가족, 남편과 자녀 들이었다. 남편은 뛰어난 능력의 소유자였다. 한국에서 미국으로 온 후 교회를 섬기는 동안 털리도대학에서 물리학 석사과정을 마치고 대학의 정식 교직원이 되었다. 다른 남자들이 10년 걸려서 할 수 있는 것을 그는 2~3년 만에 해냈다. 그러나 그것에 대해 감사하거나 기뻐하지 않았다. 그의 기쁨을 이해하지 못했다. 나는 그가 더 많이, 더 잘하기를 바라고 있었다.

두 딸아이는 가끔 전교 수석을 차지했고, 둘 다 미국 학력 경시대회 최우수 장학생national merit scholarship finalist이었다. 딸들의 출중한 학업 성취를 함께 기뻐할 줄 몰랐다. 그보다 더 높은 목표를 바라고 있었다.

내가 할 수 있는 아주 작은 한 가지부터

나는 죄를 짓고 싶지 않다. 그러나 가족들의 마음을 아프게 하고 실망시킨 것이 죄가 아닌가? 엄청난 성취에 대한 나의 열정은 남편과 자녀들의 마음에 아픔을 안겨 주었다. 가정은 '즐거운 나의 집'이 되어야 한다. 그런데 나는 가족들에게 무엇을 했나? 그것을 생각하니 마음이 몹시 아프다.

'한 걸음만 앞으로'는 천천히 나를 집요한 성취욕으로부터 벗어나게 했다. 나는 좀 더 마음의 여유를 가지게 되었고, 내가 할 수 있는 아주 작은 한 가지부터 실천했다. 그 작은 것을 실행한 나 자신에게 감사했고, 나와 같이 작은 것을 함께하신 분들께 감사했다. 모든 것이 감사했다.

하루에 한 걸음 앞으로 전진하는 한 모두 잘하고 있는 것이다. 우리가 함께한 걸음, 앞으로 전진할 그날을 하나님께 감사했고, 다른 분들과 또 나 자신에게 감사했다. 나는 우리가 행동한 아주 미미한 것에 감사하게 되었다.

은행에서 집까지 걷는 것을 통해 지혜를 얻었다. 그 지혜는 수많은 한 걸음 한 걸음이 모여서 12킬로미터를 만든다는 것이었다.

6

스페인어 배우기

연습은 계속되어야 한다. 그 과정에 점프는 없다.
언어 공부가 그와 같다. 열쇠는 반복의 횟수에 있다.

히스패닉 환자와 스페인어 공부

1974년 초, 나는 뉴욕 맨해튼에 있는 병원의 수술실에서 근무하고 있었다. 한 스페인 남자 환자가 스케줄에 따라 수술실로 들어왔다. 그는 들것에 누워 있었다. 들것이 수술대 옆에 놓여졌다. 그 다음 환자를 들것에서 수술대 위로 옮겨야 하는데, 스페인 환자는 영어를 몰랐다. 그는 들것에서 꼼짝도 않고 그대로 가만히 누워 있었다.

의사와 간호사 들이 손짓으로 수술대를 가리키고 탁탁 치기도 했으나 환자는 멀뚱히 천장만 바라보고 움직일 생각을 하지 않았다. 한 의사는 서투른 스페인어를 시도했으나 그 정도로는 통하지 않는다는 것만 보여줄 뿐이었다. 환자는 조금도 움직이려 하지 않았다.

그때 누군가 수술실 밖으로 나가 스페인어를 할 줄 아는 한 의사를 모시고 왔다. 그는 영어, 스페인어, 한국어를 유창하게 구사하는 젊은 한국인 의사였다. 그가 또 다른 언어까지 잘 아는지는 몰랐다. 키가 좀 작고 몸집이 왜소했으며 매우 겸손했다.

그 한국인 의사가 도착하자 다른 의사들이 한 걸음 뒤로 물러섰다. 그는 들것 바로 옆에 서서 누워 있는 환자에게 스페인어로 짧게 한마디 던졌다. 그러자 환자가 등을 움직여서 들것에서 수술대로 옮길 수 있었다. 꿈쩍도 하지 않던 환자가 몸을 움직이기 시작하자 수술실 안에서 환호성이 터져 나왔다. 그 한국인 의사가 너무 멋있어 보여서 나도 스페인어를 공부하기로 결심했다. 그러나 40년이 지나도록 실천을 하지 못했다.

그 후 휴스턴으로 이사하게 되었다. 휴스턴은 인구 절반 이상이 히스패닉이다. 대부분의 공문서는 영어와 스페인어 두 언어로 쓰여 있다. 많은 사람이 영어와 스페인어를 자유자

재로 구사한다. 통역 없이 스페인어를 유창하게 구사해서 히스패닉 환자들과 대화하는 의사도 있었다. 나도 자연스럽게 스페인어에 노출이 되어 몇 마디를 배웠으나 책을 읽거나 대화할 수 있는 정도는 아니었다.

하루는 환자 병실에서 근무하고 있었다. 나의 담당 환자는 히스패닉 미성년자였는데, 환자나 보호자나 영어를 하지 못했다. 미국인 의사가 들어와서는 환자의 어머니에게 할 말이 있는데 오후 3시에 오겠다고 하고는 나갔다.

그 뒤 환자의 어머니가 왔는데, 의사가 3시에 만나고 싶어 한다는 말을 스페인어로 말해야 했다. 문득 'tres horas'라는 말이 떠올랐다. 그러나 이것으로 어떻게 '오후 3시에 의사가 올 것이다'라는 표현을 해야 하는지 몰랐다. 나는 그저 'tres horas'만 반복했고, 환자의 어머니는 내가 무엇을 말하려는지 몰라 어리둥절해 했다.

나중에 이 경험을 병원 동료들에게 말했다. 한 히스패닉 동료가 다정하게 말해주었다.

"김, 그러니까 지금부터는 스페인어를 모르면 말하지 마. 스페인어로 말하지 말라고. 알았니?"

그녀의 이 말은 듣는 사람에 따라 해석이 다를 수 있다. 어떤 사람은 조롱하는 말로 들을 수 있고, 어떤 사람은 농담으로, 또 어떤 사람은 충고로 받아들일 수 있다. 나는 그때 그녀의 말을 재미있게 들었으며, 다시 스페인어를 공부하겠다고 다짐하는 계기가 되었다. 그러나 그 결심을 곧바로 실행하지 못했다.

휴스턴 커뮤니티 칼리지에서 생긴 일

세월이 흐르고 나이가 들어 간호사라는 직업에서 은퇴할 시기를 결정해야 했다. 62세에 은퇴를 하나, 65세에 은퇴를 하나 망설여졌다. 65세에 은퇴하면 사회 복지 수당social security을 매달 2000달러씩 받게 된다. 62세에 은퇴하면 25퍼센트가 삭감되어 매달 1500달러씩 받게 된다. 매달 500달러씩 적게 받는 것이다.

내가 고려하는 것은 연금을 얼마나 받느냐가 아니라 두뇌의 컨디션 문제였다. 65세 때 스페인어를 공부할 수 있을까? 62세에는 공부할 수 있을까? 가만히 생각해보니 62세 때는 스페인어를 공부할 수 있을 것 같았다. 65세 때는 외국어를 공부할 수 있을지 확신이 가지 않았다.

마침내 나는 62세에 은퇴해서 3년의 공부 시간을 갖기로 마음먹었다. 그리고 그 3년 동안 스페인어와 신학을 공부했다. 이것은 일생 동안 내가 내린 결정 중에서 아주 잘한 것 중의 하나였다. 두뇌가 더 늙기 전에 3년의 공부 시간을 가진 것이었다.

나는 62세가 되자마자 직장에 사직서를 내고 간호사직에서 은퇴했다. 그 주에 바로 학생으로 등록하기 위해 휴스턴 커뮤니티 칼리지Houston Community College로 갔다.

많은 테이블이 놓인 넓은 강당에서 대학 직원들이 학생들의 등록을 돕고 있었다. 고등학교 성적표와 졸업장, 간호학교 졸업장 등을 가지고 갔다. 간호학교 성적표는 찾을 수 없었다.

나를 도와주던 여직원이 간호학교 성적표를 가져와야 한다고 했다. 나는 간호학교를 40년 전에 졸업했고, 지금은 그 학교가 존재하지도 않는다고 설명했다. 내가 다녔던 간호학교는 이후 종합 대학교로 바뀌었고, 거기에 관한 아무런 정보도 가지고 있지 않았다. 나는 담당 직원에게 고등학교 교육을 마친 증빙 자료가 있으니 학생으로 등록할 자격이 충분하다고 주장했다. 그러나 여직원은 내가 간호학교 졸업장을 가지고 왔으니 성적표를 제출함으로써 그 사실을 증명해야 한다고 말했다.

나는 영어로 따지거나 언쟁을 벌일 때면 곧잘 목소리가 높아지고 화를 낸다. 계속 큰소리로 나의 의견을 말했다. 그러자 그 여직원은 아예 나를 완전히 묵시하고는 다른 학생과 대화했다.

그 다음 주에 새 학기가 시작되는데, 꼭 스페인어 수업에 들어가고 싶었다. 만약 그때 수업을 시작할 수 없으면 다시 직장으로 돌아갈 것이었다. 그 여직원이 나를 무시해도 나는 그대로 자리에 남아서 이삼십 분을 계속 떠들어댔다. 그제야 강당에 있는 모든 사람이 왜 저 작은 백발의 동양 여자가 떠들고 있는지 그 이유를 다 알게 되었다.

강당에 있던 젊은 동양인 여직원이 와서 말했다.

"만일 학력 테스트를 봐서 합격하면 등록한 뒤 수업을 시작할 수 있습니다. 그 시험을 통과하면 간호학교 성적 증명서는 필요하지 않습니다."

아시아인끼리의 연대감 같은 것이었다. 나는 그분에게 감사하고 집으로 돌아왔다.

스페인어를 배우려고 수학 시험을 보다

휴스턴 커뮤니티 칼리지의 학력 테스트를 본 적이 있는 교회 분에게 전화해서 시험에 관한 정보를 알아보았다. 시험은 영어와 수학 두 과목이었다. 영어는 시간 제한이 있고 주어진 제목을 가지고 글을 쓰는 것이었다. 수학은 시간 제한이 없는 시험이었다.

다음날 아침 휴스턴 커뮤니티 칼리지로 가서 한 교실에서 시험을 보았다. 먼저 컴퓨터로 영어 시험을 보았다. 그때는 지금보다 영어로 쓰기와 말하기를 더 잘했다. 영어 시험은 바로 합격했다. 다음 수학 시험을 시작했다. 내가 수학을 마지막으로 공부한 것은 45년 전인 고등학교 3학년 때였다. 그러니까 수학의 아주 기초적인 것도 거의 다 까먹었다. 어느 선이 X고 어느 선이 Y인지도 생각나지 않았다. 곱셈, 나눗셈만 빼고는 거의 다 잊어버렸다. 잠시 멍하니 앉아 있었다. 시험 문제 앞에서 막막했다.

그러나 기회가 하나 있었다. 그것은 시간 제한이 없다는 것이다. 그래서 그것을 기회로 사용하기로 했다. 좋다! 나는 하루 종일 수학 시험을 볼 것이다.

나는 그전에 전혀 생각지도 못했던, 한 번도 써본 적이 없던, 한 번도 들어보지 못한 수학 문제를 푸는 새로운 방법을 발견했다. 모든 수학 문제는 객관식이었다. 사지선다형으로 네 가지 중 하나가 정답이었다. 네 가지 항목을 하나씩 문제에 대입해서 어느 것이 질문을 가장 잘 설명하는가를 찾아내는 방식이었다. 이것은 시간이 오래 걸리기는 하나 그렇게 해서 답을 찾을 수 있을 것 같았다. 말하자면 수학 문제를 꺼꾸로 풀어 나가는 것이다.

간단히 예를 들어 설명해보자. 문제가 '4+7=?'이라고 가정한다면 답은 넷 중에 하나다.

① 9, ② 10, ③ 11, ④ 12.

먼저 숫자 9가 4+7을 만족시키는가 맞추어보는 것이다. 9는 아니다. 그러면 다음 숫자 10이 4+7을 만족시키는가 본다. 그다음 숫자 11을 가져와서 문제와 맞추어본다. 그렇게 4개의 답 중에 어느 것이 문제를 가장 가까이 말하고 있는가를 찾는 것이다. 모든 문제를 이런 식으로 풀 수는 없겠지만 상당수의 답을 찾을 수 있었다. 이렇게 해나가는 데 거의 4시간이 걸려서 수학 시험을 마쳤다.

결과는 합격이었다. 70점이 커트라인이었는데 73점을 받았다. 집에 돌아와서 기초적인 수학을 컴퓨터에서 약 6개월간 공부해서 잊어버렸던 기초 수학을 되찾았다.

스페인어를 기초부터 공부하고 싶었다. 그래서 기초부터 배울 것을 예상하고 첫 클래스에 참석했다. 그런데 상상도 할 수 없었던 악몽이 기다리고 있었다. 우리 클래스에는 30명가량의 학생이 있었다. 휴스턴의 중·고등학교 학생들은 학교에서 스페인어를 정규 과목으로 공부한다. 그러니까 클래스의 모든 학생들이 이미 어느 정도 수준의 실력을 갖추고 있었다. 나 혼자만 스페인어를 공부한 적이 없는 유일한 학생이었다. 그래서 교수님은 학생들이 이미 다 알고 있는 것을 자세히 설명하지 않고 대충 언급만 하고 지나갔다.

오로지 자습으로 따라가야 하는 상황이었다. 일주일에 이틀 수업이 있는데, 일주일 내내 자습하는 데 시간을 보냈다. 내 머릿속은 얽힐 대로 얽혀 있었고 금방 폭발할 것 같았다. 아마도 많은 사람이 이 지점에서 포기하는 듯했다.

그러나 나는 계속했다. 항상 강의실 맨 앞줄에 앉아 교수님의 가르침에 집중했다. 한 여학생이 나에게 물었다.

"김, 나이가 몇 살이세요?"

나는 이렇게 대답했다.

"네 나이 곱하기 3."

다행히 내 머리는 폭발하지 않았고, 스트레스도 조금씩 내려가기 시작했다. 2년 반 동안 다섯 학기를 공부했는데, 그것이 휴스턴 커뮤니티 칼리지의 모든 스페인어 코스였다. 나는 모두 A 학점을 받았다.

두뇌가 기억하기 위해서는 반복을

새로운 외국어 하나는 그 언어를 사용하는 사람들의 역사와 그들이 가지고 있는 문화의 풍요로움까지 가져온다. 나는 멕시칸 음식, 그 음악의 하모니, 햇빛에 그을린 얼굴과 따뜻한 마음씨를 가진 그들을 사랑한다. 그러나 그들은 나에게 너무 빨리 말해서 곤란할 때가 있다.

나의 가장 큰 소득은 이사벨라 여왕에 관해 배운 것이었다. 숙제는 히스패닉의 영웅에 대해서 쓰는 것이었다. 컴퓨터에 '히스패닉 영웅들'이라고 치니 긴 명단이 떠올랐다. 생소한 이름들을 하나씩 읽어 내려갔다. 여자 이름이 나왔다. 남자 영웅들 가운데의 유일한 여자였다. 그 여성에 대해서 알고 싶었다. 그리고 곧 그전에 알지 못했던 새로운 세계가 열렸다.

이사벨라 여왕은 일생 중에 많은 것을 이룩했으나 대표적인 두 가지만 언급하자면, 이베리아반도에서 무슬림의 지배를 종식시킨 것과 콜럼버스의 탐험을 위해 경제적으로 지원을 한 것이다. 그 후에 오는 유럽의 번영은 이사벨라 여왕의 업적 덕분이었다.

외국어를 공부하는 것은 피아노를 치는 것과 같다. 피아노를 치고 싶은 사람은 가장 기초적인 열 손가락을 움직이는 것부터 시작한다. 매일 열 손가락 움직이는 것을 연습하면 손가락이 유연해지고 피아노를 칠 수 있는 힘이 생긴다.

연습은 매일, 매주, 매달, 매년 계속된다. 그러면 마침내 높은 경지에 이르는 피아니스트가 된다. 그 과정에 점프는 없다. 피아니스트가 되려는 사람은 수년을 매일 반복하며 연습해야 한다. 그러다가 피아노 연습을 중단하면 수년간 쌓아 온 실력을 다 잃어버리게 된다. 언어 공부가 그와 같다.

열쇠는 반복의 횟수에 있다. 스페인어를 하루에 1시간씩 열흘 연습하는 것이 하루에 10시간 연습하는 것보다 훨씬 효과적이다. 하루에 12분씩 열흘 연습하는 것이 하루 2시간 공부하고 나머지 9일은 쉬는 것보다 더 낫다. 사람의 두뇌가 기억하기 위해서는 반복을 필요로 하기 때문이다.

내가 2년 반 동안 공부한 것을 잃어버리지 않기 위해 요즈음 유튜브에서 매일 CNN 스페인어 뉴스를 읽고 있다. 영어 성경과 스페인어 성경을 함께 읽고 기도를 스페인어로 한다. 하나님께서는 내가 스페인어로 기도할 때 실수를 해도 상관하지 않으신다.

나는 스페인어를 읽고 이해할 수 있다. 내가 하고 싶은 말을 할 수 있다. 그러나 듣기는 어렵다. 무슨 말을 하는지 얼른 이해할 수 없고 대답도 잘할 수 없다. 나의 첫 번째 책 〈나는 저자에게 물었다〉가 스페인어로 번역되었을 때, 남의 도움을 빌리지 않고 두 번 교정을 볼 수 있었다.

7

나의 너무나 아픈 마음

아기가 손가락으로 내 목에 손을 댔다.
아기의 손길은 어떤 대화보다 더 승화된 천사의 터치였다.

내 팔에 안을 수 없는 아이들

우리의 몸에 병이 있으면 통증을 느낀다. 몸이 아픈 사람은 의사를 찾아가 치료를 받는다. 병이 나으면 통증도 사라진다. 몸이 아픈 사람은 누구나 병과 그 통증에서 해방되고자 한다.

그러나 마음이 아플 때 무엇을 어떻게 해야 그 마음의 아픔으로부터 해방될 수 있을까? 몸이 아플 때는 진통제를 복용하는데 마음의 아픔을 달래주는 진통제가 있을까? 항우울제는 마음의 아픔을 치료해주나? 꽃다발과 위로의 카드가 마음

의 아픔을 치료해주나? 꽃다발과 위로의 카드가 마음의 아픔을 치료해주면 그것은 좋은 일이다. 나의 경우 마음의 아픔은 내 가슴에 오래 남아 있었다.

아들이 선천성 심장병을 가지고 태어났다. 아기는 몇 번의 수술을 받고서 6개월의 짧은 생을 살았다. 나의 아픈 가슴을 위로할 수 있는 것은 아무것도 없었다. 내가 천국에 가서 아들을 내 팔로 안을 때 비로소 위로받을 것이다.

몇 년이 흐른 뒤 자동차 사고로 딸을 잃게 되었다. 딸은 이제 막 몇 걸음 떼기 시작했다. 내가 병원 근무에서 집으로 돌아왔을 때 어린 딸은 나에게 기어 와서 안아주기를 바랐다. 나는 항상 아기를 안아주었다. 그러나 그날은 안아주지 못했다. 성경 공부 가기 전에 꼭 한 가지 일만 할 여유 시간이 있었다. 딸을 안아주든지 아니면 싱크대에 널려 있는 그릇들을 씻든지.

그때 시아버지께서 방문하셔서 함께 지냈다. 시아버지는 김씨 가문의 가장 큰 어른으로서 모든 것이 자기 중심으로 되기를 원하셨다. 그러나 그렇지가 않았다. 시아버지는 나에게 불만을 가지고 남편에게도 불평하셨다. 그 불평은 이미 악화되어버린 남편과 나 사이를 더 악화시켰다.

불평 중에 하나는 집이 지저분하다는 것이었다. 시아버지의 불평을 줄이기 위해 아기를 안아주는 대신 설겆이를 하기로 했다. 어린 딸은 나의 발 뒤까지 기어와서 울기 시작했다. 앞으로 몇 년이고 딸을 안아줄 시간이 있을 것이라고 생각했다. 그러나 어린 딸은 떠나고 말았다.

나는 딸을 안고 싶어 팔을 벌렸으나 두 팔은 텅 비어 있었다. 딸의 묵직한 무게를 내 팔에 느끼고 싶었으나 내 팔은 바람같이 가벼웠다. 아무것도 내 마음을 위로할 수 없었다. 내가 천국에 가면 내 딸을 내 두 팔에 안아보리라. 그것만이 나의 아픈 가슴을 치료할 수 있을 것이다.

언니는 우리 엄마가 세 아이를 잃어버린 이야기를 들려준 적이 있었다. 제2차 세계대전이 벌어지던 중 어린 두 아들이 아팠는데 병원 치료를 받지 못해 죽었다고 했다. 그 뒤에 태어난 딸아이는 제대로 먹지 못해 갓난이 때 죽었다고 했다. 우리 엄마가 어떻게 그런 아픔을 가슴에 안고 일생을 사셨을까 궁금했다.

그 이후 나는 갓난아기나 어린아이를 내 팔에 안을 수 없게 되었다. 아기들 가까이도 갈 수 없었다. 아기들로부터 멀찌감치 떨어져 있으려 했다. 내가 왜 그러는지 다른 사람에게 설명할 수 없었다. 내 마음 안에 무엇인가 아이들을 거부하고 있었다. 나의 두 아이가 내 팔에서 멀어져버렸다. 내 팔은 비어졌고, 그 빈 팔에다 다른 아이를 안는 것이 불가능해진 것이었다.

한 선교사님 가정이 첫딸을 낳았다. 나는 그 갓난아기를 멀리했다. 그 부모님은 내가 자신들의 딸을 사랑하지 않고 거부한다고 받아들인 것 같았다. 하지만 그런 것이 아니었다. 하고 싶어도 할 수 없었다. 나는 어린아이를 내 팔에 안는 능력을 상실한 사람이었다.

한국인의 문화에서 목사의 사모는 그분들의 첫아기에게 사랑과 애정의 표현을 해야 한다. 그러나 그분들은 내가 자신들의 소중한 아기를 멀리하는 것을 알아차렸다. 나는 왜 내가 그분들의 아기를 만지지 않는가 설명하지 않았다. 내가 설명을 한들 이해할 수 있을까? 내가 설명을 한들 내 마음에 있는 아픔을 같이 느낄 수 있을까?

그분들은 결국 교회를 떠났다. 교회를 떠난 이유 중의 하나는 내가 자신들의 아기를 사랑하지 않는다고 믿었기 때문이라 생각했다.

어느날 그렇게 말없이 멀어져간 남편

그리고 오랜 세월이 흐른 후 남편과 사별했다. 나는 남편의 죽음이 가까이 오고 있는 것을 알았다.

어느 날 꿈을 꾸었다. 꿈속에서 나와 남편은 3~4미터 거리를 두고 떨어져서 등을 맞대고 앉아 있었다. 남편은 반대 방향을 향해 앉아 있었고 그의 시선은 다른 쪽을 바라보고 있었다. 나는 그 반대쪽을 향해 앉아 있었다. 서로 거리를 두고 등을 돌려 앉아 있었으나 우리는 다정하게 서로 대화를 주고받았다. 그런데 남편이 갑자기 조용해지면서 정적이 흘렀다. 나는 남편이 왜 갑자기 말을 하지 않나 보려고 등을 돌렸다. 남편의 얼굴이 뒤로, 어깨 너머로 떨구어져 있었는데 죽은 얼굴이었다.

이 꿈이 현실에서 이루어지지 않기를 바랐다. 나는 남편에게 아무런 비밀이 없었는데, 이 꿈 이야기는 차마 할 수 없었다. 내 꿈속에서 남편은 돌아앉아서 무엇인가를 하고 있다가 순간적인 사고로 죽게 되었다. 나는 남편의 일상을 자세히 살펴보고 그 생활 속의 무엇이 순간적인 사고를 낼 수 있는가를 찾아보았다.

그리고 그것을 찾아냈다. 그것은 남편의 낚시 보트였다. 남편이 낚시 보트를 가지고 바다로 나가면 거기에는 수많은 예상치 못한 위험들이 도사리고 있었다. 그 후 남편이 낚시 보트를 가지고 바다로 나갈 때마다 속으로 공포에 떨었다. 남편도 내가 걱정하고 무서워한다는 것을 알게 되었다. 그래서 바다에서 육지로 돌아오자마자 제일 먼저 나에게 전화해서 안전하게 도착했음을 알려주었다.

내가 그 꿈을 꾼 지 약 1년 반이 지났을 때, 남편은 낚시 보트를 가지고 바다로 나갔다. 그때는 3명의 손님이 함께 보트를 타고 낚시를 했다. 일행은 얼마간의 물고기를 잡았고, 배는 육지에 무사히 도착했다. 남편은 나에게 전화를 해서 잘 도착했음을 알려주었다. 그러나 남편은 영영 집에 돌아오지 못했다. 보트 트레일러를 차에 연결하고 집을 향해 운전하던 도중 심장마비를 일으킨 것이었다.

나는 가끔 남편에게 말했다.

"우리가 같이 살면 얼마나 더 살겠어요? 10년? 20년? 결국 한 사람이 죽게 되면 이별하게 되니 함께 사는 동안 순간순간 최대한으로 행복하게 삽시다."

남편은 여느때처럼 내 말에 묵묵부답이었으나 남편이 내

말을 들었고 또 거기에 대해 생각하고 있다는 것을 잘 알고 있었다. 얼마 후에 남편이 내게 말했다.

"당신, 고생 많이 했어. 앞으로는 비단 방석에 앉아 호강할 일만 남았어."

그 말을 정말 믿었고, 비단 방석에 앉아 호강하는 생활이 어떤 것일까 상상해보았다.

우리는 오랫동안 싸웠다. 그러나 어느 순간 싸우는 것을 중단하고 서로를 아끼고 돕기 시작했다. 그 후 나는 우리가 영원히 함께 살지 않을 것이라는 사실을 깨달았다. 우리가 가진 남은 세월, 함께 사는 동안 우리의 삶을 최대한으로 활용해서 살아야겠다. 내가 그것을 깨달았을 때, 남편이 그것을 깨달았을 때, 남편은 떠나가버렸다.

나는 무력해졌다. 나를 감싸고 있던 울타리가 무너져 내린 것 같았고, 아무런 방패막이 없이 세상에 노출되었다. 이 세상에 나 혼자라는 생각으로 한없이 연약해졌다. 나는 홀로 남겨졌다. 단지 내 마음에 아픈 상처만 더해갔다. 남편이 떠난 후 목사직을 이어받아 바쁜 나날을 보냈다. 그러나 혼자 있을 때면 마음이 아파 와서 견디기가 힘들었다.

아기 손가락 감촉은 천사의 터치였다

남편이 곁에 없자 내 마음에 두려움이 생겼는데, 특히 밤이면 그 정도가 더 심했다. 앞문을 잠그고 뒷문을 잠그고 집에 있는 16개의 창문이 다 잠겼는지 확인한 뒤 침실 문을 잠갔다. 그리고 침실 문 안쪽을 의자로 막았다. 그렇게 한 뒤에야 두려움과 외로움과 아픔을 안고 잠이 들었다.

아픔의 날들이 계속되던 중 첫 손자가 태어났다. 셋째 딸의 첫 아들이었다. 딸은 산후 휴가가 끝난 뒤 직장으로 돌아갔고, 하루에 3시간 정도 첫 손자를 돌보았다. 처음에는 아이를 안을 수 없는 내 안의 거부감을 걱정했다. 그러나 다행히 손자를 내 팔에 안을 수 있었다. 손자는 아주 작아서 내 두 손으로도 안을 수 있었다. 아기는 주로 잠을 잤다. 우유를 먹고 트림을 한 뒤 자고 똥 싸고 우유를 먹고 트림을 한 뒤 또 잤다. 방귀를 끼고 잤다. 하품을 하고 잤다.

손자의 잠자는 얼굴을 들여다보면 그 얼굴은 순결 그 자체였다. 아기에게서 나오는 순수함과 평화가 주위로 펴졌다. 그 순수함과 평화가 나의 마음속으로 은은히 스며들기 시작했다. 손자에게서 풍기는 냄새도 좋았다. 갓난아기의 냄새를 맡으면 그것은 곧 내 마음의 향기가 되었다.

손자가 3개월 되었을 때 두 눈동자가 나를 응시했다. 하루는 손자를 팔에 안고 있는데 손가락으로 내 목에 손을 댔다. 그것은 그 작은 갓난아기가 나를 알아본다는 몸짓이었다. 아직 한 마디 말은 못하지만 나와 대화하고 싶은 자기 마음을 표현한 것이었다. 그의 마음에 무엇이 있었을까? 아기는 무엇을 말하고 싶었던 것일까? 아기 손가락의 터치는 내가 그때까지 가졌던 어떤 대화보다 더 승화된 천사의 터치였다.

8

마침내 은퇴

두 눈의 시력을 회복하자 진짜 세상으로 돌아온 것 같았다.
겨울 지나고 봄날의 나뭇가지에서 푸른 새순이 나오는 느낌이었다.

교회의 퇴직 연금을 거절한 이유

나는 몇 년 전 간호사직에서 은퇴했으나 교회의 목사직은 계속 유지하다가 마침내 교회 목사직에서도 은퇴하게 되었다. 교회의 리더들이 나에게 매달 퇴직 연금을 지불하겠다고 제안했지만 일언지하에 거절했다. 내가 거절하는 이유는 다음과 같다.

① 나는 교회의 각 가정이 얼마나 힘들게 살고 있는지 잘 알고 있었다. 그들이 땀 흘리며 힘들게 일한 돈으로 살고

싶지 않았다. 그 돈을 받으면 편안한 마음으로 음식을 삼킬 수 없을 것이다.

② 나는 결정의 자유를 가지고 싶었다. 나의 일생 내내 이 자유를 보물처럼 간직했다. 나는 내가 "네"라고 말해야 할 때 "네"라고 말하고, "아니오"라고 말해야 할 때 "아니오"라고 말할 수 있기를 원했다. 이 자유는 내가 바란다고 저절로 오는 것이 아니다. 스스로 말하고 행동하는 것을 조심해야 한다. 무심코 하는 행동과 말이 나중에라도 되돌아와서 나의 소견을 강화시키고 지지해준다. 이 결정의 자유는 내가 용기를 내어 싸우고 또 큰 대가를 치른 후에 온다. 즉, 바른말을 하려면 용기가 필요하고 큰 손해를 감수해야 하는 것이다. 내가 교회로부터 퇴직 연금을 받으면 그 돈이 나의 판단력을 흐리게 할 수 있고, 올바른 판단을 하는 능력을 잃을 수 있다. 내가 받은 돈에 끌려가게 된다. 인생 말기에 그런 수치에 빠져들게 되는 것을 원하지 않았다.

③ 나는 매달 사회 복지 수당을 받는다. 만약 그 수당을 받지 않는다면 교회에서 매달 주는 퇴직 연금을 감사한 마음으로 받았을 것이다. 교회 일을 열심히 했으므로 받을

자격이 있었다. 그러나 사회 복지 수당을 다달이 받기 때문에 그것으로 살 수 있고, 나의 생활을 그 수입 안에서 살도록 적응해 나갈 것이다. 나는 검소하게 사는 습관에 익숙했다.

은퇴 생활은 정말 놀라웠고, 그런 여유로운 생활을 사랑했다. 마감 기일도 없고, 계획하는 것도 없고, 요구 사항도 없고, 남의 기대를 만족시켜야 할 일도 없고, 근심할 것도 없고, 어깨에 느껴지던 힘겨운 무게도 없고, 앞으로의 목표도 없었다.

나의 인생을 항상 따라다니던 "나는 꼭 해야만 한다"는 말도 사라졌다. 그 대신 새로운 말로 살고 있었다. 그것은 "내가 원하는 것은 무엇이든지"였다. 내가 원하는 시간에 일어났고, 자고 싶을 때는 언제든지 잤고, 시간과 공간과 행동에 아무런 제한이 없이 원하는 대로 살았다.

그렇게 사는 것을 무엇이라 표현할까? 텅빈 상태, 규칙이 없는 세계, 무제한의 방종이었다. 그것은 무중력상태의 달에서 아무 의지 없이 이끌리는 대로 움직이는 것 같았다. 멍에를 벗은 소가 멋대로 뛰어다니는 것 같았다. 나는 한 번도 그렇게 살아본 적이 없었다. 나에게는 새로운 세계였다. 다만 다육이를 키우기 위해 약간의 규칙을 유지해야 했다.

황반천공, 시력에 문제가 생겼다

그런데 그 무제한의 방종에 그 끝이 왔다. 건강에 문제가 생긴 것이다. 직선을 볼 때 울퉁불퉁 삐뚤빼뚤한 곡선으로 보이는 것이었다. 지붕 위의 직선, 창틀의 직선, 전봇대의 직선 등이 다 울퉁불퉁 삐뚤빼뚤했다. 왜 그럴까? 의아했다. 그렇게 한두 달을 보내고 안과를 찾았다. 여러 가지 눈 검사를 마친 뒤 황반에 구멍이 뚫리는 황반천공이라는 진단이 나왔다.

황반천공은 노인 질환의 하나다. 의사 선생님이 내 눈 안쪽의 사진을 보여주었다. 왼쪽 눈의 망막에 구멍이 뻥 뚫려 있었다. 곧바로 수술 날짜가 잡혔다. 누구든지 이런 증상이 있으면 바로 안과 의사를 찾아가야 한다. 망막의 구멍은 점점 커져서 결국 시력을 잃든지 아니면 나빠진 시력으로 살아가야 한다.

나의 경우는 2~3개월 미루다가 안과를 찾았기에 다소 늦은 감이 있어 수술의 성공률은 60퍼센트였다. 코비드19 때문에 수술 5일 전에 가서 미리 감염 검사를 받아야 했다. 양성 결과가 나오면 수술 취소였다. 그래서 아무도 만나지 않았다. 코로나 팬데믹 동안 찾아오시는 분들에게 친절히 대하다가 자칫 수술이 취소되서는 안 되었기 때문이었다. 어떤 이가 나를 꼭 만나자며 전화를 했다. 우리 집 문밖에 서 있다고 했다. 마스크를 쓰고 2미터 떨어져서 이야기하겠다고 했으나 딱 잘라서 거절했다. 눈 수술이 취소되는 일은 절대 있어서는 안 되기 때문이었다.

눈 수술은 비교적 간단했다. 수술 동안 잠이 들었고, 깨어보니 수술이 다 끝나 있었다. 그러나 회복은 힘들었다. 일주일 내내 밤이고 낮이고 고개를 숙이고 있어야 했다. 잠잘 때도 등으로 누워 자지 못하고 엎드려서 고개를 숙이고 자야 했다. 사위가 의료 기구 상점에서 쇠로 된 의자를 대여해 왔는데, 그 의자에 앉아 얼굴을 숙인 채 기대어 몇 시간씩 보낼 수 있었다. 여러 종류의 안약이 있어 꼭 시간에 맞추어 사용했다. 안대는 항상 착용하고 있어야 했다.

일주일 후에 안과 외과 의사 선생님을 만났다. 안대를 떼고 두 눈으로 볼 수 있는 기다리고 기다린 날이었다. 그는 밝은 불빛으로 나의 왼쪽 눈을 여러 방향으로 검사했다. 그리고 이렇게 말했다.

"합병증으로 백내장이 시작됐습니다. 그래서 눈 안쪽에 있는 수술 부위를 볼 수가 없습니다."

황반천공 수술 후 왼쪽 눈으로는 아무것도 볼 수 없게 되었다. 앞으로 백내장 수술이 필요한데, 첫 수술의 상처가 다 나을 때까지는 4~5개월을 기다려야 했다. 그때까지 왼쪽 눈의 시력 없이 살아야 했고, 황반천공의 수술 결과는 미지수로 남게 되었다.

눈 수술 후 또 한 번의 목 수술

시력 문제가 생기기 전부터 오른쪽 손과 손가락에 문제가 좀 있었다. 오른쪽 손과 손가락에 무엇인지 이상한 점이 느껴졌는데, 나는 정원 일을 많이 해서 생긴 수근관carpal tunnel이라고 판단했다. 손목 보호대를 사서 착용해봤지만 별 효과가 없었다.

하루는 아무 일도 하지 않고 거실 바닥에 앉아 있었는데, 오른손 손가락들이 각각 다른 방향으로 비틀어지는 것이었다. 며칠 뒤에는 오른손 손가락뿐만 아니라 오른발 발가락들도 뻣뻣해지면서 비틀어졌다.

이 증상으로 신경외과를 찾게 되었다. 나의 목뼈가 내려앉고 있었다. 목뼈 사이에 신경다발이 지나는데, 목뼈 사이가 좁아지니 신경이 눌려서 손가락과 발가락이 비틀어진 것이었다. 신경의과 의사는 목 수술만이 유일한 치료법이라면서 목 수술을 권했다.

그러나 물리치료로 문제를 해결해보고 싶었다. 물리치료를 일주일에 두 번씩 2~3개월 받았는데, 하루는 거의 졸도할 뻔했다. 그날 하던 운동은 목운동이었는데, 운동 중에 복통이 생기고 메스껍고 토할 것 같았다. 정신을 잃는 줄 알았다. 그것으로 물리치료는 끝이었다.

목 수술 후 부작용이 염려되었다. 목 수술 후의 부작용으로 어렵게 살아가는 사람들의 이야기를 읽은 적이 있었다. 하지만 신경외과 의사에게 다시 돌아갈 수밖에 없었다. 손가락, 발가락이 비틀어지는 증상은 더 자주, 더 강하게 일어났다. 수술은 50 대 50이었다. 성공 아니면 실패였다. 50퍼센트의 성공에 기대고 목 수술을 결정했다.

두 번째 눈 수술을 기다리던 중간에 목 수술을 받게 되었다. 과거에는 척추 수술을 받는 환자는 수술 후 1~2일 동안 병원에 입원해 있었다. 오늘날 의료 시스템 아래에서는 목 수술 받은 환자는 마취에서 깨면 바로 퇴원해서 귀가한다. 수술 후 회복은 집에서 하게 된다. 목 수술 후 잠시 회복실에 있다가 1~2시간 뒤에 퇴원해서 집으로 갔다. 나의 친구 주디가 우리 집에 와서 나를 보살펴주었다.

저녁 8시쯤 나의 온몸이 걷잡을 수 없이 흔들리기 시작했다. 위아래 이가 덜거덕거렸고, 팔과 다리와 온몸이 떨리고 경련을 일으켰다. 그것은 너무 추울 때 벌벌 떨리는 것이 아니라 몸의 상태가 나빠서 오는 경련의 시작이었다. 침대에 앉아 있었는데, 두뇌도 정지 상태여서 아무것도 생각할 수가 없었다. 구급차를 부르나? 내가 저혈당 쇼크로 빠져들고 있다는 것을 알았다. 수술 후 목구멍이 붓고 아파서 거의 먹지도 마시지도 못했다.

수술 전날 밤부터 먹지도 마시지도 않았다. 내 몸 안에 남아 있던 혈당은 수술 도중에 다 소모되었다. 회복실에서 몇 모금의 소다수를 마셨을 뿐이었다. 그 후 종일 아무것도 먹지 않은 것이었다. 혈당치가 아주 위험한 상태로 내려가 있다고 판단했다.

주디에게 오렌지 주스 한 컵에 설탕 두 숟가락을 넣어서 달라고 부탁했다. 온몸이 사시나무처럼 떨리는 가운데 설탕을 잔득 탄 주스를 억지로 마시기 시작했다. 목이 아파서 꿀꺽꿀꺽 들이켜지도 못하고 한 번에 한 모금씩 마셨다.

저혈당 쇼크와 설탕물과의 경주였다. 어느 것이 더 빠르냐의 경주였다. 저혈당 쇼크가 더 빠르게 진행되면 저혈당쇼크에 빠질 것이요, 설탕 주스가 더 빠르면 회복이 될 것이다. 몸이 떨리는 증상은 한두 시간 더 지속되다가 마침내 멈추었다. 설탕 주스가 이긴 것이다.

몸의 떨림이 멈추자 온몸에 통증이 몰려왔다. 나는 의료지식이 없는 일반인들이 어떻게 수술 받은 환자를 집에서 도울 수 있을까 생각해보았다. 그들은 환자가 경련을 일으키면 응급 구급차를 부를 것이다. 구급차가 도착해서 환자를 병원으로 이송하고, 이미 저혈당 쇼크에 빠진 환자는 중환자실에 입원할 것이다. 나도 식물인간처럼 중환자실에 누워 있을 뻔했다. 그러나 하나님께서 나의 수술을 위한 교회 가족들의 기도에 응답하셨다.

그 이후 별다른 탈 없이 잘 회복되었다. 목에 경추보호대를 오랫동안 사용했다. 수술 후 신경외과 의사를 처음 찾아갔을 때 수술 결과에 흡족해 했다. 애초에 그의 말을 듣지 않고 내 생각대로 했다가 치료를 늦추는 결과만 낳았다. 6개월 뒤에 더욱 악화된 상태로 다시 병원을 찾았던 것이다. 그러나 그는 나의 그런 행동을 괘씸하게 생각하지 않았다. 다시 돌아온 나를 반겨주었다. 그는 나의 목 수술을 집도했고, 나의 회복을 함께 기뻐했다. 그의 진료실에서 감사의 말을 전했지만 이 글을 쓰며 다시 한 번 감사드린다.

점차 이상하고 생소한 세계로

그 후 3~4개월이 지나 왼쪽 눈 백내장 수술 받을 준비를 했다. 백내장 수술에 관한 자료들을 읽을 수 있는 대로 많이 읽었다. 눈 수술에 관해 새롭게 배운 바가 하나 있었다. 눈 수술 자체는 간단하다. 그러나 회복은 길고, 환자의 이해와 관리가 아주 중요하다는 것이었다.

눈 수술을 하는 환자는 그에 관해 공부를 좀 해야 한다. 공부를 해서 이해하는 것이 성공적인 눈 수술의 기초다. 가장 중요한 것은 수술한 눈에 1주나 2주간 물을 닿지 않게 해서 감염을 예방하는 것이다. 물 한 방울에는 수많은 균이 있다.

4주간 물을 피했다. 세수할 때는 수건을 물에 적시고 물기를 짠 뒤 수술한 눈 주위를 닦아냈다. 4주일 동안 물 한 방울도 수술한 눈에 들어가지 않게 주의했다.

백내장 수술 후 검진을 받으러 병원에 갔다. 여성 의사 선생님은 백내장 수술도 성공적으로 되었고, 황반천공 수술도 성공적이라고 했다. 그 말은 너무나도 아름답고 기쁘고 황홀한 소식이었다.

거의 1년 동안 세 가지 수술을 하면서 보냈다. 황반천공 수술을 한 의사는 백내장 수술을 한 의사에게 연락해서 수술 결과를 자신에게 알려달라고 부탁했다. 백내장 수술 의사는 곧 황반천공 수술 의사에게 전화해서 수술이 성공적이었다고 알리겠노라 말했다. 나는 두 의사들로부터 깊고 따뜻한 사랑을 느꼈다.

두 눈 수술 사이에 한쪽 눈, 그러니까 오른쪽 눈의 시력으로 살았다. 한쪽 눈으로 보니 거리감이 없었다. 자동차를 운전할 때 앞차와의 간격을 짐작할 수 없어 꼭 부딪칠 것만 같았다. 이 두려움 때문에 운전을 포기해버렸다. 주전자의 물을 컵에 따를 때도 테이블 위로 주르르 흘렸다. 분명히 컵에다 맞추어 부었다고 생각했는데 거리 측정이 안 되어 빗나간 것이었다.

눈이 나빠서 사물을 정확히 세밀하게 볼 수 없었고, 모든 것을 대충 흐릿하게만 가늠할 수 있었다. 기르고 있는 화초나 다육이를 볼 때도 곰팡이가 자라고 있는지, 점같이 작은 벌레들이 번식하고 있는지 알 수 없었다. 벌레들이 다육이 잎을 갉아 먹기도 하는데, 그런 것을 볼 수 없었다. 무엇을 보든지 두루뭉술하게 비슷한 목적물로 인식하기 시작했다. 집·차·나무·남자·여자·소년·소녀·아기·개·고양이…. 각 사물이 가진 특징을 보지 못하고 저것이 무엇인가 하는 것만 보았다. 돋보기로 성경을 읽으려 했으나 오른쪽 눈에 너무 무리가 갔다. 하나 남은 오른쪽 눈의 시력을 보호하려고 돋보기로 성경 읽는 것을 그만두었다.

나는 점차 이상하고 생소한 세계로 가고 있었다. 그곳은 시력을 잃어가는 사람들, 시력을 잃은 사람들이 사는 세계였다. 살아 있었으나 모든 것이 흐리멍덩했다. 생존을 위한 아주 기초적인 일들만 행동했다. 먹기, 움직이기, 잠자기, 말하기 등.

정신적인 예민함과 총명함을 잃어가고 있었다. 모든 것이 흐릿하고 뿌연 안개 속 같았다. 세상은 빠르게 움직이고 있었으나 아무 상관하지 않았고 별 관심도 없었다. 새로운 것을 알아보려는 호기심도 흥미도 없어졌다. 나는 그냥 살아서 움직이기만 했다. 그것이 전부였고, 나는 그 세계에 익숙해지기 시작했다.

질병의 연속이던 나의 은퇴 생활

두 차례의 눈 수술 뒤에 두 눈의 시력을 회복하자 진짜 세상으로 돌아온 것 같았다.

다시 차를 운전하기 시작했다. 식품점에도 직접 가고, 더 이상 다른 사람에게 부탁하지 않아도 되었다. 돋보기를 이용해서 두 눈으로 성경을 읽게 되었다. 겨울을 지나고 봄날의 나뭇가지에서 푸른 새순이 나오는 것 같은 느낌이었다. 두 눈으로 볼 수 있다는 것에 너무나 감사했다. 성경을 다시 읽을 수 있어서 너무나 감사했다.

1년 안에 세 번이나 수술을 한 나는 이 세상에서 살아갈 날이 얼마 남지 않았다고 생각했다. 그래서 이 세상을 떠날 준비를 시작했다. 내가 가진 물건들 중 당장 필요한 것만 남기고 다 버렸다. 유언장을 작성했다. 땅에 묻히는 것보다 화장을 택했다. 이 세상을 떠날 때 아무에게도 짐이 되지 않고 조용히 사라지기를 원했다.

이처럼 죽음에 대해 자세히 생각하자 내 몸과 마음, 영혼의 모든 세포들이 죽음의 세력 아래서 죽어가고 있었다. 죽음의 세력이 나를 감싸게 되었다.

나는 죽음만을 생각하고 있었다. 어떤 분들은 은퇴 후에 여가 생활을 즐기면서 잘 보내고 있다. 좋은 일이다. 나의 은퇴 생활은 질병의 연속이었고 죽음의 준비였다.

9

책을 쓰시면 어떨까요?

이전에 나는 죽음을 준비하고 있었으나
책을 쓰면서 출판이라는 미지의 신세계를 향해 한 걸음씩 나아갔다.

자전적 이야기를 쓰게 된 동기

다니엘 김 선교사님이 가족을 방문하러 한국에 가셨다. 휴스턴으로 돌아올 때 장모님께서 나에게 선물로 보내신 베개를 가지고 왔다. 장모님께서는 아마도 내가 목 수술 받은 이야기를 들으신 것 같았다. 좀 특별한 베개였다.

다니엘 김 선교사님은 그 베개를 전해 주기 위해 2023년 8월 13일 오후 7시에 우리 집으로 왔다. 다니엘 김 선교사님을 만난 지가 오래되었다. 그래서 우리는 2시간 정도 이야기를 나누었다. 이야기 중에 그가 말했다.

"책을 써보시면 어떨까요?"

나는 책 쓰는 것에 대해 미처 생각하지 않았기에 아무 대답을 하지 않았다. 어쨌든 대화를 마치고 김 선교사님은 저녁 9시쯤에 떠났다.

"책을 써보시면 어떨까요?"

그의 권유는 저항할 수 없는 하나님으로부터 오는 음성으로 내 마음 깊이 새겨졌다. 그가 우리 집 대문을 닫고 나가자마자 종이와 볼펜을 가져와 글을 쓰기 시작했다. 그리고는 자서전을 쓰기 시작했다. 침대 위에 종이, 클립보드, 사전, 볼펜 등을 늘어놓고 침대 옆에 기대어 무릎을 꿇고 글을 써나갔다.

고향에서 자라던 어릴 적으로 돌아갔다. 내가 지나온 일들을 회상했다. 자서전이기는 하나 분명한 방향이 있었다. 자서전을 통해 하나님을 소개하는 것이었다. 내가 지나온 모든 일들을 적지는 않을 것이다. 일생 동안 하나님께서 함께하신 사건들만 골라서 쓰기로 작정했다.

나는 60년, 70년 전에 내게 일어났던 일들을 많이 잊어버리고 있었다. 그래서 글을 쓰는 동안 주님께 기도로 계속 물어야 했다.

"주님, 그때 무슨 일이 일어났었지요?"

그러면 잊어버렸던 부분들을 기억할 수 있었다. 어떤 때는 무슨 생각이 번개같이 왔다가 또 마음속에서 번개같이 사라져버리기도 했다. 무슨 생각이 온 것은 아는데 너무 빨리 지워져서 어떤 생각이었는지 알 수 없었다.

그래서 어떤 생각이 내 마음에 떠올랐을 때 그 생각의 첫 낱말만 종이에 급히 써놓았다. 나중에라도 그 첫 낱말을 가지고 잠깐 비치고 사라진 의미를 생각해내기 위함이었다. 내가 어렸을 때 가지고 있었던 꿰뚫어보는 통찰력과 집중력이 다시 돌아온 것을 느꼈다. 한국에서 한국말로 일어난 일들이었기에 영어가 아닌 한글로 썼다.

단 5일 만에 책 한 권을 다 쓰다

잊어버렸던 일들을 기억하는 것도 일이었고, 기억난 것을 글로 쓰는 것도 일이었다. 그래서 기도했다.

"주님, 이것을 어떻게 글로 쓸까요?"

나의 글 쓰는 스타일은 항상 '단순하고simple, 명확하고clear, 강력한powerful' 것이었다. 내가 말하고자 하는 것을 단순, 명

확, 강력하게 말하기 위해 이야기들을 재정리했다. 무엇이든 단순하고 명확한 것은 강력하다.

단순한 것을 사람들은 애써 흩트리고 어려운 단어들을 사용해서 혼잡스럽게 만들어놓는다. 그 혼잡스러운 문장들을 여러 번 읽은 후에야 뜻을 이해하게 된다. 나의 작업은 그것을 간단하게 만드는 것이다. 간단하고 명료하고 강력하게 쓰기 위해 가끔 비유를 사용한다.

주님께 기도로 묻는다.

"주님, 이것을 무엇에 비유할 수 있습니까?"

그러면 꼭 맞는 비유가 내 마음속에 떠오른다. 너무도 간단하기 때문에 나 자신도 놀라게 된다.

한번 앉아서 쓰기 시작하면 두세 시간을 같은 자세로 앉아 있었다. 기도하며 쓰기를 계속했다. 내 컴퓨터에는 한글 문서 프로그램이 깔려 있지 않아서 종이에다 볼펜으로 썼다. 한참 쓰다보면 오른팔이 아프기 시작하고, 꿇어앉은 다리는 혈액순환이 되지 않아 저려왔다. 오랫동안 꿇어앉은 자세로 썼기 때문에 오른쪽 다리가 아프고 묵직했다.

밤낮으로 기도하며 쓰기를 계속했다. 그러던 중 내 마음이 '대박'이라는 단어를 들었다. 그 말을 들은 후 내가 쓰는 책이 대박이 날 것을 알았다.

일요일 저녁 9시부터 쓰기 시작해서 금요일 저녁 7시에 글 쓰기를 마쳤다. 책을 다 쓰는 데 2시간 부족한 5일이 걸렸다. 책 전체는 18장인데 5일 동안 15장을 쓰고, 나중에 3장을 덧붙였다.

내가 이처럼 급히 책 한 권 분량의 글을 5일 만에 쓴 이유는 다니엘 김 선교사님께서 금요일 저녁 7시에 오신다고 하셨기 때문이었다. 그때 내가 쓴 원고를 보여주고 싶었다. 그가 금요일 저녁 7시에 왔을 때 내가 손으로 쓴 자서전의 원고를 보여드렸다.

그러고는 김 선교사님의 반응을 기다렸다. 만약 그의 반응이 별로라면 바로 중단하고 책을 출판하지 않을 것이었다. 그러나 만약 그의 반응이 진실하면 작업을 계속 진행해서 출판을 향해 나아갈 것이었다. 그의 반응이 곧 책의 미래를 결정하게 되는 것이었다.

다니엘 김 선교사님은 열흘 후에 내 원고를 돌려주셨다. 그의 마음이 내 글로 인해 감동된 것을 볼 수 있었다. 자신감이 일어나고 확신이 생겼다. 나는 자서전을 펴내는 새로운 길을 나서게 되었다.

한글로 쓴 것을 영어로 번역하기 시작했다. 번역을 시작할 때 영어 문장에 자신이 없었다. 책을 낼 정도의 수준은 아니라고 판단했다. 구글의 문장 프로그램이 웬만한 실수는 교정을 해주어서 큰 도움이 되었다.

책을 쓰는 것에 관해 아는 것이 별로 없었다. 출판에 관해서도 아무것도 몰랐다. 이전에 나는 죽음을 준비하고 있었다. 그러나 자서전을 출판한다는 미지의 신세계를 향해 한 걸음씩 나아갔다.

10

당신은 두 번째 책을 쓸 것입니다

첫 번째 책을 썼을 때 내 안의 변화를 느끼지 못했다.
두 번째 책을 쓴 뒤 내 안에서 어둠은 사라졌고 마음은 천국이었다.

하나님의 일을 이야기하는 기본 원칙

나의 첫 번째 책 〈나는 저자에게 물었다〉의 출판이 한국과 미국에서 동시에 진행 중이었다. 교회 친구 해훈님께서 우리 집에 잠깐 들렀다. 그리고 떠나기 직전에 나에게 영어로 분명하게 말했다.

"당신은 당신의 두 번째 책을 쓸 것입니다."

내가 그 말을 들었을 때 속으로 생각했다.

'그런 일은 없을 것입니다.'

책을 펴낸다는 것은 결코 쉬운 일이 아니다. 글을 쓰면서 힘든 일을 많이 겪었다. 두 번 다시 그 어려운 일들을 겪고 싶지 않았다.

몇 주의 시간이 흐른 후 아직 말하지 않은, 그러나 말하고 싶은 이야기들이 있는 것을 깨닫게 되었다. 나는 첫 번째 책을 하나님을 소개하는 내용으로 꾸몄다. 하나님을 알고 싶어 하는 사람들과 초신자들을 마음에 두고 글을 썼다. 그래서 읽는 사람에게 혼돈을 주거나 부담을 주는 이야기는 의도적으로 포함하지 않았다.

그러나 나에게는 자신의 일생을 하나님께 드리고, 하나님의 일을 하시는 분들께 하고 싶은 이야기가 남아 있었다. 하나님의 일을 이야기하는 데는 기본 원칙이 있다. 그 원칙들은 아주 간단하고 분명하다. 그러나 많은 주님의 종들이 그 간단한 원칙을 놓치고 있는 것이 현실이다. 그래서 일생을 드리고 헌신한 수고가 열매를 맺지 못한다.

나는 50년 이상을 선교 일선에 있었다. 50년의 세월 동안 선교사의 일생과 그 사역을 처음부터 끝까지 지켜보게 되었다. 어떤 선교사님들은 자신의 사역에서 아주 간단하고 분명한 원칙들을 비켜 나가고 있었다. 내가 알게 된 지식, 그리고 내가 관찰했던 것을 다음 세대의 주님의 종들과 함께 나누고 싶었다.

나의 두 번째 책을 자신들의 일생을 바쳐 하나님을 섬기는 분들을 위한 가이드북으로 쓰고 싶었다. 나는 그들이 자신들의 인생과 사역의 끝에 풍성한 열매를 맺기를 원한다. 사명의 일생을 살아간 후 아무런 열매 없이 공허함으로 인생의 마지막을 맞지 않기를 바라는 것이다.

책을 쓰는 동안 기쁨이 내 안에

독자들은 나의 첫 번째 책은 빨리 읽을 수 있다. 그러나 두 번째 책은 천천히 그 뜻을 깊이 생각하면서 읽어야 한다. 각 장마다 간단한 원칙들을 나의 실제 경험을 통해 설명했다. 각 장마다 묵상이 필요하다. 그렇지 않으면 내가 말하고자 하는 포인트를 놓치게 될 것이다. 속독으로 빨리 읽으시는 독자는 아무것도 배우지 못할지 모른다.

예를 들어 첫 번째 책에서 '바나나빵'에 대해 썼다. 그것은 내가 떡으로 섬기는 대신 바나나빵을 만들어서 섬겼다는 이야기다. 이 이야기 뒤의 의미는 선교사님들이 선교지에서 어떻게 문화의 차이를 극복하는가를 말하고 있다. 한국 선교사님들이 외국으로 나간다. 그분들은 한국에서, 한국문화 속에서 성장했다. 많은 선교사님들이 한국의 정신을 품고 한국문화 가운데 살다가 생을 마감한다.

바나나빵 이야기에서 이전까지 내가 떡을 즐겨 먹고, 그런 떡으로 섬겼음을 밝혔다. 그러나 교회의 한 소년이 맛이 없었는지 떡을 슬쩍 쓰레기통에 버리는 것을 보고는 그 소년이 원하는 것으로 섬기지 않고 내가 원하는 것으로 섬기고 있는 자신을 깨달았다. 그때부터 떡에서 바나나빵으로 바꾸게 되었다. 그 이야기를 통해 선교사님들이 선교지에서의 새로운 문화에 적응하기를 바랐다. 바나나빵 이야기는 그런 주제를 다루고 있었다.

나는 언급하고자 하는 주제들을 모으고, 나의 실제 체험들을 통해 설명했다. 글을 쓰면서 각각의 사건들을 기억해내기 시작했다. 지나간 사건들을 정확히 되살려내고 기록하기 위해 기도하면서 주님의 도움을 구했다. 내 마음은 과거로 돌아갔고, 과거에 있었던 사건에 참여했다. 말하자면 일종의 재연이었다.

그러자 하나님의 능력과 사랑이 내 마음속에 쓰나미처럼 밀려왔다. 하나님을 만났을 때 체험했던 놀라운 느낌들이 과거와 똑같은 강도로 생생하게 가슴을 채웠다. 하나님께서 내게 하셨던 말씀도 내 마음속에 되살아났다. 내가 과거에 가졌던 기쁨이 내가 책을 쓰는 동안 조금도 줄어들지 않은 채 모두 다시 살아났다.

두 번째 책을 쓴 뒤 내 마음은 천국이었네

책을 쓰기 전 건강이 악화되어 나는 죽음만을 생각하고 있었다. 나의 몸과 마음과 영혼은 죽음의 그늘 아래에서 죽어가고 있었다. 책 2권을 쓰고 난 뒤 죽음의 그늘 아래에서 완전히 빠져나왔다. 나의 몸과 마음과 영혼은 생명으로 옮겨왔고, 그냥 살아 있는 것이 아니라 하나님의 능력과 사랑으로 가득 차고 넘치게 되었다. 나의 몸과 마음과 영혼은 생명의 활력을 되찾았다. 죽음만을 생각하다가 하나님만 생각하니 죽음에서 생명으로 옮겨 온 것이었다. 주변 사람들이 나의 변화를 알아보았다.

첫 번째 책을 썼을 때 내 안의 변화를 느끼지 못했다. 그러나 두 번째 책을 쓴 뒤 내 마음은 천국이었다. 아마도 그래서 하나님께서 두 번째 책을 쓰도록 하시지 않았나 생각했다. 어둠은 내 안에서 완전히 사라졌다.

서울의 출판사 홍영철 사장님이 말했다.

"보통 작가들은 몇 년에 책 한 권 쓰고 출판하기도 어렵습니다. 그러나 선생님은 몇 달 내에 책 두 권을 쓰고 출판하셨습니다!"

두 권째 책을 쓸 것이라고 말했던 친구 해훈님이 말했다.

"두 번째 책을 번개같이 빨리 쓰셨네요!"

11

세 번째 책을 쓸 것이라고 생각합니다

내가 쓴 이야기가 고요한 잔물결로 다가가 파도가 되기를 바란다.
마침내 공감하고 힘을 얻는 책이 되기를….

뜻하지 않게 세 번째 책을 쓰기로

휴대전화가 울렸다. 미조리주의 세인트루이스에 사는 에스더 김 선교사님의 전화였다. 그분이 이렇게 물었다.

"원고 두 챕터에 대해 제가 무엇을 하기를 원하시나요?"

내가 되물었다.

"무슨 원고 말인가요?"

에스더 선교사님이 설명했다. 내가 오늘 자신에게 원고 두 챕터를 보냈다는 것이다. 그런데 나는 아무것도 보내지 않았다. 인터넷 메일로 받았는지 우편물로 받았는지는 물어

보지 않았는데, 원고를 보낸 나의 목적이 무엇인지 물어보려고 전화를 한 것이었다. 하지만 도무지 그것을 보낸 기억이 없었다.

아무튼 우리는 전화로 이것저것 여러 가지 이야기를 나누었다. 대화 마지막에 에스더 선교사님이 말했다.

"저는 사모님께서 세 번째 책을 쓰실 것이라고 생각합니다."

왜 그렇게 말했는지 설명까지 덧붙였는데 전화 속의 잡음 때문에 다 알아듣지 못했다. 전화를 끊은 뒤 나는 멍했다. 아무것도 생각할 수 없었다. 책 2권을 쓴 뒤 더 이상은 쓸 이야기가 아무것도 없다고 생각했다. 그래서 한동안 책에 대해 생각하지 않았다.

몇 주가 지난 뒤 에스더 선교사님의 말에 대해 생각해보았다. 나에게 그 전에 써놓은 두 챕터의 스토리가 있는데, 그것은 책 두 권 어디에도 넣지 않은 글들이었다. 이유는 내 책에서 하나님을 소개하고 싶은데, 이 두 챕터의 이야기는 전부 나 자신에 관한 내용이기 때문이었다. 말하자면 하나님에 관한 것이 아니고 개인에 관한 것이기에 자격 미달로 책에 넣을 수 없었던 것이다.

나의 이야기가 잔물결로 다가가기를

나 자신의 인생살이에 관한 글이지만 흥미있게 읽을 독자들이 있을 것 같았다. 그 두 챕터의 제목은 '3명의 스토커 정리'와 '스페인어 공부'였다.

이것을 읽고 피드백을 해줄 만한 이를 찾고 있었다. 프로젝트 메니저 크리스 월터 씨에게 물어봤더니 흔쾌히 승락했다. 그래서 영어로 써놓은 두 챕터를 그의 이메일로 보냈다. 답장은 'Wow'로 시작되었다. 그는 이 챕터를 나의 세 번째 책에 포함하라고 추천했다. 그 말이 격려가 되어 또 한 챕터를 나 자신에 관해 썼다. 제목은 '그 집 앞'이었다. 그것도 월터 씨에게 이메일로 보냈다. 그는 그것도 세 번째 책에 실으라고 권했다. 그래서 더 써나가기 시작해서 16장까지, 세 번째 책 쓰기를 마쳤다.

서울의 출판사 홍영철 사장님께 전화해서 세 번째 책을 쓰고 있다고 알렸다. 홍 사장님도 계속 써나가도록 힘을 실어주었다. 무엇을 쓰든지 나는 홍 사장님이 먼저 읽어보기를 원했다. 그는 문학적 감각이 뛰어났고, 내가 쓴 것을 독자의 입장에서 보는 안목이 있었다. 그러나 전부 영어로 써서 아직 한

글로 옮기지 않아 보여드릴 수가 없었다. 그저 책 내용이 나의 일생에 관한 것이라고만 알려드렸다.

나의 성격은 겁없이 도전적이고 끈기가 있는 편이다. 무엇을 하든지 목숨을 걸고 최선을 다하고자 한다. 나의 두 책 〈나는 저자에게 물었다〉와 〈반지하〉를 읽으신 분들은 아마 그 점을 느꼈을지 모르겠다.

내 나이는 지금 70대 중반이다. 이 책은 좀 더 차분하고 온화한 이야기를 쓰고 싶었다. 각자 자신의 인생길을 가는 분들에게 내가 지나온 나의 인생길 이야기를 담담하게 들려주고 싶었다.

내가 쓴 하나의 이야기가 읽는 이들의 마음에 아주 고요한 잔물결로 다가가 파도가 되기를 바란다. 그 다음의 이야기가 다시 가볍고 고요한 파장이 되어 마침내 공감하고 위로받고 힘을 얻는 책이 되기를 기도 드린다.

12

출판사 찾기

첫 번째 책의 출간은 온라인을 통해 시작되었다.
하나님은 하나님의 방법으로 출판사를 만나도록 인도하셨다.

미국 휴스턴에서 책 출판하기

처음 책을 쓰기 시작했을 때, 나는 책의 출판에 대해 아무것도 몰랐다. 첫 번째 책 쓰기를 마친 뒤 한글로 쓴 원고를 책으로 펴내줄 출판사를 찾아야 했다. 미국 텍사스주 휴스턴에서 혼자 살고 있는데 어떻게 한국인 출판사를 찾나?

그 무렵 홍마가 목사님께서 한국에 계시는 출판사 한 분을 소개시켜주어서 그분과 카카오톡으로 대화할 수 있었다. 그 분은 내가 무엇을 해야 하는지 조언해주었다.

첫째, 손으로 쓴 원고를 컴퓨터에 한글로 입력할 것.

둘째, 교정 볼 사람을 찾아서 원고를 다듬을 것.

셋째, 컴퓨터 프로그램 다루는 이를 찾아서 편집할 것.

넷째, 편집이 끝난 뒤 가져오면 인쇄를 도와줄 수 있음.

그의 설명에 따르면 네 가지 단계를 밟아야 했다. 타이핑-교정-편집-인쇄.

교회의 누구에게도 나 개인을 위해서 한글을 입력해달라고 부탁하고 싶지 않았다. 다들 직장에 다니며 열심히 일하고 있는데 부담을 주기 싫었다. 누구에게든 공짜로 부탁하고 싶지 않았다. 합당한 수고비를 지불하려 했다. 문제는 휴스턴 어디에 가서 내 원고를 한글로 입력해줄 사람을 만나는가 하는 것이었다. 휴스턴에는 분명 한글로 입력할 수 있는 사람이 많을 것이다. 그러나 그런 사람을 어떻게 만날 수 있을지 몰랐다. 요즘은 거의 집 안에서만 지내고 있어서 수소문하고 적절한 사람을 찾는 일을 하고 싶지 않았다.

시카고에 살고 있는 조카에게 연락했다. 조카는 발이 넓어서 한인 친구들이 많았다. 그랬더니 첫 몇 페이지만 보여달라고 해서 사진을 찍어 보냈다. 조카는 내 책의 출판을 도우려고 노력했으나 이루어진 것이 없었다. 무명의 저자가 쓴 책을 발간한다는 것은 별로 내키지 않은 비즈니스인 것 같았다.

그런던 중에 책 발간을 통해 누군가를 돕고 싶다는 생각이 들었다. 그래서 주님께 기도하기 시작했다. 경제적으로 도움이 필요하고, 주님을 가까이하는 그런 한국의 출판사를 만나게 해달라고 기도했다. 한국에는 유명한 크리스천 출판사가 있다고 들었다. 하지만 그 출판사는 인력도 많고 경제적으로도 탄탄하여 나의 도움이 필요하지 않을 것 같았다. 나의 책으로 보람을 느낄 수 있는 출판사를 찾고 싶었다. 그것이 내가 누군가를 도울 수 있는 기회였다.

그러나 한국에 있는 그런 출판사를 어떻게 찾을 수 있을지 도무지 알 길이 없었다. 나는 휴스턴에 살고 있고 미지의 출판사는 한국에 있다. 어떻게 찾을 수 있을까? 하나님께서는 자신의 선한 목적을 위해 낯선 두 사람을 서로 만나게 하실 수 있다. 성경은 그렇게 말씀하신다.

ⓐ 아기 모세가 나일강에서 바구니에 담겨 울고 있을 때, 애굽의 공주가 나일강에 목욕하러 나왔다가 아기의 우는 소리를 들었다. 전혀 낯선 두 사람, 애굽의 공주와 아기 모세가 서로 만나게 되었다. 이것은 우연이었나, 하나님의 섭리였나?

ⓑ 아브라함의 종이 이삭의 신붓감을 위해 기도하고 있었을 때, 리브가가 우물로 왔다. 전혀 낯선 두 사람이 서로 만나게 되었다. 이것은 우연이었나, 하나님의 섭리였나?

ⓒ 사울의 아버지가 양을 잃어버렸다. 아버지는 아들 사울을 불러 양을 찾아오라고 보냈다. 사울은 집을 떠나 들로 나갔다. 선지자 사무엘이 사울을 왕으로 기름 붓기 위해 오고 있었다. 전혀 낯선 이 두 사람은 들에서 서로 만났고 선지자 사무엘은 사울을 기름 부었다. 이것은 우연이었나, 아니면 하나님의 섭리였나?

ⓓ 필립과 에티오피아 환관의 만남 [사도행전 8: 26~40]

ⓔ 사울과 아나니아스의 만남 [사도행전 9: 1~19]

ⓕ 코넬리우스와 베드로의 만남 [사도행전 10: 1~47]

나는 하나님은 살아 계시고, 전혀 낯선 두 사람이 서로 만나게 하실 수 있다고 믿는다. 그것이 성경이 말하고 있는 바다. 한두 번만 말하는 것이 아니고 성경 전체를 통해 말하고 있다. 한국에 있는 한 출판사와 내가 서로 만나게 하실 수 있다고 믿었다. 이 점에 대해 하나님의 섭리를 굳게 믿었으며 이를 위해 계속 기도했다.

한 달이 지나고 두 달이 지났다. 그 무렵이 모든 출판 과정을 통해 가장 힘든 때였다. 출판사 없이, 기약 없이 기다리기만 했다. 나는 하나님께 기도하는 출판사, 경제적으로 도움이 필요한 출판사로 조건을 내걸고서 기도하고 있는 것을 후회하기 시작했다. 아무 출판사나 만나서 일을 진척시켜야 했었던 것이다.

한국에 있는 크리스천 출판사의 홈페이지에 들어가 필요한 정보와 안내문을 읽었다. 모든 원고는 컴퓨터로 입력한 파일을 제출하는데, 접수 받은 날로부터 2주일 뒤에 출판을 할지 거절할지 결정해서 저자에게 알려준다고 했다. 나는 그냥 손으로 쓴 원고를 봉투에 넣고 그 출판사의 한국 주소를 써서 우편으로 보냈다. 그때의 상황에서 내가 할 수 있는 것은 그뿐이었다.

이틀 뒤 세인트루이스에 사시는 에스더 김 선교사님과 전화 통화를 했다. 그가 물었다.

"책 낼 출판사는 정하셨나요?"

나는 대답했다.

"아뇨."

그러자 에스더 선교사님께서 말했다.

"저의 형부가 서울에서 출판업을 하시는 것으로 압니다!"

에스더 선교사님은 곧바로 서울에서 출판업을 하시는 형부한테 전화한 뒤 카카오톡으로 나에게 소개시켜주었다. 이후 에스더 선교사님의 형부라는 분과 연결이 되었는데 이렇게 말했다.

"먼저 저에게 쓰신 원고를 보내주십시오. 읽은 후에 결정하겠습니다."

그래서 그 출판사 주소로 복사한 원고를 보냈다. 그 출판사 이름은 홍영사였다.

마침내 찾게 된 출판의 길

이렇게 한국에 있는 두 출판사에 거의 동시에 원고를 보냈다. 하나는 규모가 큰 크리스천 출판사고 다른 하나는 홍영사였다. 나는 주님께 한 곳은 내 원고를 받아주고, 다른 한 곳은 거절할 수 있도록 기도했다. 만약 두 출판사가 다 출판을 원하면 어느 출판사를 택해야 할지 몰라 어려움이 있을 것이었다. 만약 두 출판사가 다 거절하면 더 큰 어려움이 있을 터였다. 나에게 가장 좋은 길은 한 곳은 '예스' 하고 다른 한 곳은

'노' 하는 것이었다.

휴스턴에서 우편으로 보낸 원고를 한국에서 받으려면 약 일주일이 걸린다. 홍영사의 홍 사장님이 전화를 했다. 그는 나의 원고가 좋다면서 출판을 하겠다고 승낙했다. 출판 비용을 정하고 계약서를 보내달라고 요청했다. 내 마음속에 하나님께서 그 사장님과 나를 만나게 하신 것을 알고 있었다. 하나님은 신비한 방법으로 일하신다.

홍 사장님은 출판사와 저자 사이에 주로 작성하는 계약서를 이메일로 보내주었다. 그것을 읽어본 뒤 계약 기간을 5년에서 2년으로 바꿔달라고 요청했다. 아직 상대가 어떤 사람인지 모르기 때문에 짧은 계약 기간을 원했다. 출판사 측에서 5년에서 2년으로 수정된 계약서를 다시 보내주었다.

그런데 하나님께서 수정된 계약서, 즉 두 번째 계약서에 관해 경고를 하셨다. 그래서 다시 문장과 글자 하나하나 세심하게 읽었다. 계약 전에 확실히 하지 않으면 나중에 문제가 될 만한 부분을 찾아냈다. 그 문장은 '저자는 〈나는 저자에게 물었다〉 책의 출판권을 출판사에게 준다'는 부분이었다. 나는 그때 책을 여러 나라 말로 번역하여 출판할 것을 생각하고 있었다. 내가 만일 책의 출판권을 출판사에 넘기면 다른 언어로 번역 출판할 때마다 한국 출판사의 허락을 받아야 하는 것이다. 그 문장의 해석이 그랬다.

그래서 출판권을 한글판으로 제약해달라고 요청했다. 홍 사장님은 출판권을 한글판으로 명시된 세 번째 계약서를 보내주었다. 마침내 세 번째 계약서에 서명했다. 그때까지 한 가지 놓친 것이 있었는데, 그때는 출판에 대한 경험이 없었기에 그것을 분별한 판단력이 없었다. 경험이 있어야 보는 눈이 생기는 것이다.

마침내 출판의 다섯 과정, 입력-편집-교정-인쇄-배포를 홍영사 출판사의 서비스로 다 해결하게 되었다.

이 모든 일이 다 끝난 뒤 크리스천 출판사에서 이메일이 왔는데, 내 책을 출판하지 않기로 결정했으며 행운을 빈다는 내용이었다. 기도한 대로 한 출판사는 '예스', 다른 출판사는 '노'였다.

영문판을 펴낼 출판사를 찾아서

이후 내가 번역한 영문판을 펴낼 출판사를 찾기 시작했다. 컴퓨터에 서툴러서 이메일 대신 말로 소통하고 싶었다. 서로 얼굴을 보고 눈과 눈을 마주칠 수 있는 그런 출판사를 찾고 있었다.

컴퓨터로 휴스턴 지역의 출판사를 찾으니 상위 50개의 출판사가 나왔다. 그 50개의 주소 중에서 내가 아는 거리를 골랐다. 휴스턴은 넓은 도시여서 길을 잃고 헤매게 되는 일이 아주 싫었다. 그리고 또 지상 주차장이 있는 출판사를 골랐다. 주차 건물 안에서 차를 찾지 못하고 헤매는 것도 아주 싫어서였다. 그리고 출판업을 20~30년 정도 한 이력이 있는 출판사들을 골라서 4곳으로 압축했다. 그중에서 하나의 출판사를 선택할 것이었다.

네 출판사 중 한 곳에 전화를 했다. 폐업해서 연결이 끊긴 번호였다. 다음 출판사로 전화를 걸었다. 폐업해서 연결이 끊긴 번호였다. 세 번째 출판사 전화를 걸었다. 폐업해서 연결이 끊긴 번호였다. 네 번째 출판사 전화를 걸었다. 자신들은 의료 관계 출판사이기 때문에 나의 원고를 받을 수 없다고 했다. 내가 얻은 결론은 소규모의 자영업 출판사들이 줄줄이 문을 닫고 있다는 것이었다.

이제 온라인 출판사로 갈 수밖에 없었다. 나는 무엇이든 온라인은 싫었다. 그 이유는 내가 컴퓨터 사용법을 잘 몰라서

였고, 또 온라인에는 사기꾼들이 숨어서 활동하기에 모르는 곳은 믿을 수 없기 때문이었다. 일부 온라인 출판사 중에는 돈만 받아 챙긴 후 사라져버리는 곳도 있다고 들었다. 자신들이 당한 쓴 경험을 서로 나누는 다른 저자들과 같은 피해자가 되고 싶지 않았다.

온라인으로만 소통하며 책을 펴내다

썩 내키지 않았으나 조심스럽게 온라인 출판사를 찾아보았다. 많은 사람들 입에 오르내리는 한 출판사를 찾고 있었다. 그곳이 아마존 회사의 한 부서라고 생각했다. 그래서 그 단어를 쳤더니 아주 많은 이름이 떠올랐다. ○○아마존, △△아마존, 아마존◇◇, 아마존□□, 아마존▽▽…. 무엇이 내가 찾는 곳인지 알 수 없었다.

여러 이름 중에 'Amazonpublishing network'라는 곳을 보았는데, 이것이 아마존 회사의 출판부서라고 생각이 되어 클릭했다. 그곳 채팅방에 들어가 나의 상황을 입력해 넣었더니 바로 긍정적인 답변이 왔다. 컴퓨터를 잘 못한다고 하자 '염려 마십시오. 곧 누가 전화를 해서 단계별로 도와드릴 것입니다'라고 알려 왔다.

전화를 기다렸다. 얼마 되지 않아 누군가 전화를 걸어 왔다. 자신을 '크리스 월터'라고 소개하면서, 그 출판사의 프로젝트 매니저 중 한 사람이라고 했다. 비로소 하나님께서 아마존 출판부서로 나를 인도하셨구나 생각했다. 그러나 나중에 알고 보니 그 출판사는 아마존과는 아무 상관이 없는 독립적인 출판사였다.

프로젝트 매니저 월터 씨는 얼떨떨해하는 나에게 충분한 시간과 인내심을 가지고 단계별로 인도했다. 나는 구글에 영어로 입력한 책 전체 18장의 텍스트를 저장해두었다. 그는 내가 한 챕터씩 그의 이메일로 보낼 수 있도록 안내해주었다. 그가 시키는 대로 해서 18장 전체를 이메일로 보낼 수 있었다. 처음부터 끝까지 보내는 데 아마도 20분쯤 걸린 것 같았다.

그것은 나에게는 획기적인 경험이었다. 그때까지 내가 해온 방법은 종이로 프린트한 150페이지를 봉투에 넣어 UPS까지 운전해 가서 직접 부치는 것이었다. 내 안에 있던 기술에 대한 두려움과 증오가 수용과 설렘으로 바뀌고 있었다. 집에서 간단히 손가락으로 클릭함으로써 돈과 시간과 노력을 절

약할 수 있었다.

이렇게 하여 나의 첫 번째 책 〈나는 저자에게 물었다〉의 출간은 온라인을 통해 시작되었다. 하나님은 다시 하나님의 방법으로 영어판 출판사를 만나도록 인도하셨다.

13

결승전의 마지막 화살

나는 그날 단 하나의 화살을 쏘았다.
드문 기회가 나에게 주어졌고, 내가 할 수 있는 최선을 다했다.

주어지는 기회와 만들어가는 기회

어떤 사람은 성장할 때 남보다 많은 기회를 가질 수 있다. 부유하고 능력 있는 부모가 아들과 딸의 장래를 위해 좋은 기회를 만들어주기 때문이다. 반면에 어떤 사람은 기회가 없이 자란다. 가난한 부모는 아들과 딸에게 간신히 먹을 것만 마련해주기도 한다.

나는 기회를 갖지 못하고 자랐다. 그 대신에 내게 없는 기회가 얼마나 중요한지 그 가치를 알았고, 그 기회가 왔을 때 무엇을 해야 하는지를 깨닫게 되었다. 자라면서 무엇을 하고 싶을 때, 나 자신이 기회를 만들었고 거기에 따라 최선을 다 했다.

어릴 때 또래 아이들은 부모에게 인형을 사달라고 졸랐다. 그러면 부모는 얼른 인형 가게로 가서 하나를 사다가 딸에게 주었고, 딸이 인형을 가지고 노는 것을 보고 흡족해했다. 나에게는 그런 일이 없었다. 인형을 가지고 놀고 싶으면 내가 인형을 만들었다. 구멍난 헌 양말, 가위, 바늘, 실, 솜으로 인형을 직접 만들었다. 팔과 다리를 만들어 제자리에 꿰매어 붙였다. 얼굴과 까만 머리카락을 그렸다. 옷도 만들어 입혔다. 다른 여자아이들은 인형을 가지고 어떻게 노는지를 알았는데, 나는 인형을 어떻게 만드는지를 알았다.

나에게는 기회가 주어지지 않았으나 남들이 따라오지 못할 열정이 있었다. 남들이 한 번 하고 말 것을 나는 열 번을 해야 했다. 남들이 열 번을 하면 나는 백 번을 했다. 이런 특별한 노력이 매우 효과적이어서 그에 따른 보상을 받는다는 것을 알았다.

아주 드물지만 예상치 않은 기회가 나에게 왔을 때 그것이 나에게 온 기회임을 의식했고, 나의 결승전에서 쏘는 마지막 화살임을 알았다. 양궁 시합에서 두 선수가 동점을 얻을 때

각 선수는 한 발씩의 화살을 쏘게 된다. 그 마지막 쏘는 화살 하나가 승자와 패자를 결정한다.

이 화살은 단 한 번만 쏘게 된다. 그러나 그 단 한 번 쏘는 화살의 이면에는 양궁 선수가 힘들게 날리는 수만 번, 수십 만 번의 연습이 있다. 올림픽을 준비하는 양궁 선수들은 기본적으로 하루에 500번 이상의 활을 쏘는 연습을 한다고 들었다. 1분에 한 발씩 쏜다고 해도 하루에 8시간을 쏘는 셈인데, 그런 연습을 몇 년씩 해야 하는 것이다. 치열한 연습 후 실제 경기에 임한 선수가 결승전에서 마지막 하나의 화살을 쏘는 것이다.

출판기념회에서 간증의 시간을 마련하다

지난 4월 중순에 홍마가 목사님께서 오는 7월에 있을 CMI 국제 성경 컨퍼런스에서 내 책 출판기념회가 있을 것이라고 말했다. 내 몸의 다섯 감각들은 즉시 이것이 내가 마지막 쏘는 화살의 기회임을 알아차렸다. 선교사님들이 세계 각국에서 오시는데 나는 하나의 화살을 쏠 것이었다.

나의 책에 대한 출판기념회로 40분이 할당되었다. 그 40

분의 프로그램을 만들었다. 나중에 1시간으로 늘었다고 해서 1시간 프로그램으로 짰다가 최종적으로 다시 40분으로 확정되어 거기에 맞추어 준비했다.

출판기념회의 전반적인 프로그램 준비 외에 나 자신의 간증을 마련했다. 나의 간증이 결승전에서 쏘는 마지막 하나의 화살이 될 것이었다. 나의 간증에 15분을 배분했다. 주어지는 기회가 없이 자랐던 나는 어떤 기회가 오면 그것에 혼신을 쏟아붓는 습관이 있었다. 나의 간증을 연습용 화살처럼 쏘지 않을 것이라 마음먹었다. 출판기념회의 간증을 결승전의 승부를 가리는 마지막 한 발의 화살처럼 쏠 것이었다.

수양회의 모든 프로그램은 영어로 진행되었다. 간증을 영어로 쓴 뒤에 읽기를 반복했다. 그것은 미국에서 아무리 오래 살았더라도 영어가 모국어가 아니기 때문에 발음 연습이 필요했다. 읽기를 반복해서 100번쯤 읽었을 때, 각 문장과 단어 모든 것을 다 외워버렸다.

다음 100번은 속도, 성량, 목소리의 높낮이 등에 중점을 두고 무엇이 좋은지 테스트하면서 읽었다. 많은 영어 설교자들이 설교할 때 보통 말하는 것보다 좀 느린 속도로 말한다. 나에게는 15분의 시간밖에 없었다. 하고자 하는 말을 다하려면 빨리 말해야 하는데 그 또한 좋은 방법이 아니었다. 그래서 한 부분을 줄여서 청중이 편안하게 들을 수 있는 속도로 조절했다.

다음 100번은 내 간증을 듣게 될 청중을 생각해보면서 읽었다. 10대들, 미국과 한국과 또 다른 나라에서 온 대학생들, 연세 드신 한국 선교사님들, 나는 그들에게 적합한 표현과 언어를 택했다. 그 다음 네 번째 100번, 다섯 번째 100번은 청중의 마음과 영혼을 겨냥했다.

감정과 메시지가 마음속에서 우러나와야 할 것

그때쯤 〈America's Got Talent〉 TV 프로그램을 보았다. 청중은 어떤 가수에게는 미미한 반응을 보였고, 어떤 가수에게는 일어서서 소리 지르고 박수 치며 열렬한 지지를 보냈다. 똑같은 청중인데 각 가수에게 보내는 호응은 달랐다. 그 차이는 어디서 오는가? 무엇이 그런 차이를 가져오나? 그 점에 대해 생각해본 뒤 다음의 결론을 얻었다.

첫째, 그 센세이셔널한 가수는 좋은 목소리를 가졌다. 둘째, 그 가수는 노래가 담고 있는 감정과 메시지를 잘 표현해냈다. 노래가 가진 감정과 메시지가 성공적으로 청중들에게 전해져서 그들의 마음을 감동시킨 것이다. 인간은 마음을 가지고 있다. 인간은 마음이 감동할 때 즉각 반응한다.

TV 예능 프로그램에서 청중들의 격하고 열렬한 반응의 이유를 알아낸 것은 나에게는 숨어 있던 보물을 찾은 것과 같았다. 그것은 나에게 아주 중요한 발견이었다. 나의 간증도 내가 겪은 감정이 담겨 있고, 내가 말하고 싶은 메시지가 담겨 있어야 했다. 즉, 내가 간증을 말할 때 나의 감정과 나의 메시지가 내가 하는 말 속에 담겨 있어야 한다는 것이다. 책을 읽듯이 해서는 안 된다. 내가 말할 때 나의 감정과 메시지를 분명히 넣어서 말하는 연습을 했다.

어떻게 그것을 할 수 있나? 그 센세이셔널한 가수가 했던 것처럼 하는 것이다. 가수는 노래가 내포하고 있는 감정과 메시지를 이해하고 소화해냈다. 그리고 노래를 부를 때 자신의 마음에 담은 그 감정과 메시지를 아낌없이 전달한 것이다. 간단히 말하자면 슬픈 노래는 슬픈 마음으로, 기쁜 노래는 기쁜 마음으로, 사랑의 노래는 사랑에 녹아버린 마음으로 부르는 것이다.

이는 곧 내가 나의 간증을 낭독할 때, 책 읽듯이 무미건조하게 해서는 안 된다는 말이다. 감정과 메시지가 내 마음속에서 우러나와 내가 말하는 문장 안에 담겨 있어야 한다는 뜻이다. 즉, 마음의 소리를 내는 것이다. 나는 이 연습을 네 번째 100번, 다섯 번째 100번에서 실행했다.

이 연습을 하는 동안 입안이 부어오르고 얼굴이 부어올랐다. 얼굴의 부기는 낮 동안 가라앉았으나 입안의 부기는 그대로 있었다. 내가 먹고 있는 음식으로 알레르기가 생겼다고 생각하고, 그것을 찾기 위해 먹던 음식을 하나씩 줄여 나갔다. 오트밀, 부추, 깻잎 등을 제거했는데 입안의 부기는 여전했다. 결국 음식에서 오는 알레르기가 아닌 것을 확인하고는 끊었던 음식들을 다시 먹기 시작했다.

병원에 진료 예약을 했다. 수양회에 가서 부은 얼굴과 입술로 청중 앞에 나가 간증문을 읽고 싶지 않았다. 그러나 의사를 보기로 예약한 날 허리케인 베릴이 휴스턴을 관통했다. 시내 곳곳이 정전되었고, 모든 외래환자 진료소는 문을 닫아 의사 진료 예약은 취소되었다.

할 수 없이 부기가 더 악화되지 않기를 바라면서 수양회에 참석했다. 그리고 큰 무리 없이 간증을 마쳤다.

수양회에서 돌아와 의사를 만날 수 있었다. 의사는 아무 문제를 발견하지 못했다. 그는 치과 의사를 바꿔보고 틀니도 한번 바꿔보라고 권했다. 나는 아무 말도 하지 않았다. 그의 말에 동의하지 않는다는 뜻이었다. 부분 틀니를 식사 때만 잠시 사용하므로 그것이 입안을 붓게 한다고 생각하지는 않았다.

지금도 입안에 부기가 남아 있는데 좋아지지도 않고 더 나빠지지도 않은 상태에서 늘 입안이 그득한 기분으로 지낸다. 지금도 간증 원고를 수백 번 이상 읽고 연습하면서 입을 갑자기 너무 많이 사용했기 때문에 그 같은 증상이 온 것이라고 생각한다.

"실수 좀 해도 괜찮아"

정확히 몇 번을 읽었는지 횟수를 세지는 않았다. 컨디션이 좋은 날은 하루에 10번 내지 15번을 반복해서 읽었는데 한 번 읽는데 15분이 걸렸다. 피곤한 날은 4~5번 연습하는 것으로 끝냈다. 그렇게 매일 두 달 반을 계속했고, 수양회 장소에 도착한 뒤에도 연습했다. 그것은 내 몫이기에 내가 할 수 있는 최선을 다했다. 그러나 그것으로도 충분하지 않았다.

하나님을 초청했다. 하나님의 임재하심을 원했다. 하나님께 말씀드렸다.

"주님, 지난 5월에 두 곳의 대학교 졸업식에 참석했습니다. 아버님들, 어머님들, 가족들이 졸업을 축하하러 온 것을 보았습니다. 어떤 아버지는 졸업식에 참석하기 위해 직장도 빠지셨다 합니다. 저는 주님의 딸이고, 주님은 나의 아버지이십니다. 나의 아버지께서 딸의 책 출판기념회에 오셔야 하지 않습니까?"

나는 주님의 딸이요, 주님이 나의 아버지이심을 강조했다. 마지막 순간까지 계속해서 하나님을 초청했다.

출판기념회는 금요일 오후 3시로 예정되어 있었다. 금요일 점심시간에 한국에서 수양회에 참석하러 오신 허숙철 사모님과 같은 식탁에 앉아 대화를 나누었다. 그분에게 내가 나의 간증문을 500번 이상 읽으면서 어떻게 준비했는가를 말씀드렸다.

사모님께서 말씀하셨다.

"연사가 긴장된 마음으로 말하면 청중도 마음에 긴장감을 느낍니다. 연사가 편안한 마음으로 말하면 청중도 마음에 편안함을 느낍니다. 그러니 긴장감을 풀고 편안한 마음으로 간증문을 읽으세요."

사모님의 이 충고를 마음에 새겼다. 나의 간증을 긴장하지 않고 편안한 마음으로 전하기로 마음먹었다. 그리고는 나 자신에게 타일렀다.

"실수 좀 해도 괜찮아."

나는 그날 단 하나의 화살을 쏘았다. 결과는 하나님 손에 맡겼다. 드문 기회가 나에게 주어졌고, 내가 할 수 있는 최선을 다했다.

14

하나님께서 감옥 사역의 문을 여셨다

다섯 개의 떡과 생선 두 마리를 가져왔다.
떡과 생산은 불어나고 불어나고 계속 불어났다.

한국과 미국에서 동시에 출판 준비

나의 첫 번째 책은 편집과 출판이 한국과 미국에서 진행 중이었다. 출판사 측과 자주 전화나 이메일로 대화를 나누었다. 그분들과 이야기한 후 내 마음은 불편해졌다. 그분들은 하고 있는 일에 대해 기도를 하지 않는 것이었다.

한국의 크리스천 출판사 홈페이지에 들어가서 읽은 것을 기억하고 있었다. 그분들은 출판 일을 시작하기 전에 기도하고, 일이 끝난 뒤에 기도한다고 적혀 있었다. 나도 무엇을 하든지 그렇게 한다. 무엇을 하든 그렇게 함으로써 하나님의 도움과 인도하심과 축복을 받는 것이다.

그런데 한국과 미국의 출판사가 내 책을 편집하고 제작하는 과정에서 기도를 하지 않는 것이다. 그들은 기도 없이 어떻게 내 책을 위한 하나님의 도우심을 기대할 수 있을까? 그들은 출판계에서의 비즈니스 기술과 경험에 의존하고 있었다. 그들은 이미 자리잡고 있는 출판계의 시스템에 따라 다음에 무엇을 해야 하는지 알고 있었다. 기도할 필요도 없었고 하나님으로부터 축복을 구하지도 않았다. 그들은 책의 성공을 편집과 마케팅 전략에 의지하고 있었다.

그들은 모든 일이 하나님의 축복에 달려 있다는 것을 모르고 있었다. 하나님께서 축복하시면 그 책은 성공한다. 하나님께서 축복하지 않으시면 그 책은 수명이 짧고 곧 사라질 것이다. 나는 내 책과 한국과 미국의 두 출판사를 위해 매일 기도하지만, 그들이 하나님께 기도하지 않는 점에 대해서 마음이 몹시 불편했다.

한번은 한국의 홍영사 사장님과 전화로 대화를 나누었다.

나는 내 책의 장래에 관해 말했다. 한국에 크리스천이 얼마나 있나? 그중에 10퍼센트가 내 책을 산다면 몇 권의 책을 팔게 될까? 내가 이 말을 한 것은 홍 사장님을 다가올 미래를 향한 마음 준비를 위한 것이었다.

출판사 사장님은 내게 현실에 관해 말했다. 요즘 사람들은 책을 잘 사지 않는다고 했다. 그들은 콘서트나 유흥에는 아낌없이 돈을 써도 책 한 권 사는 데는 1~2만 원도 쓰지 않는다는 것이다.

그는 나의 책 출판을 개인적인 성취나 회고록 정도로 생각하고 그 이상의 너무 큰 의미는 생각하지 말라고 충고했다. 그분이 보기에 나는 현실감에서 떨어져 꿈을 꾸고 있는 사람 같았던 모양이었다. 하나님 없이 현실을 보면 모든 것이 부정적이고 절망이며 되는 것이 하나도 없다.

홍영사 사장님은 50년 전 한국을 떠나 변화된 현실을 모르는 나를 친절히, 조심스럽게, 인내심을 가지고 여러모로 설명했다. 그가 말하는 것을 다 이해했다. 그의 말은 전부 사실이고 현실이다.

그러나 나는 세상을 따라가지 않는다. 세상이 나를 따라와야 한다. 나는 세상에게 어떻게 하나님께 나아가는가를 보여주고 있다. 그들은 내가 보여주는 대로 가야 한다. 그것은 영원한 생명이냐 영원한 죽음이냐를 결정하는, 영원한 미래를 결정하는 일이기 때문이다.

서울의 출판사 사장님과 통화를 마친 뒤 좀 속이 상했다. 하나님께 나의 그 상한 마음을 털어놓았다. 그래서 이렇게 기도했다.

"주님, 홍 사장님께 주님이 누구신지 보여주십시오. 그는 하나님이 얼마나 위대한 분이신지 모르고 있습니다. 내가 믿는 하나님은 전능하신 분이십니다. 불가능이 없습니다. 당신이 누구신지 알게 해주십시오."

나는 그가 하나님의 영광을 볼 때까지 아무 데도 가지 않고 그와 함께 일할 것을 작심했다. 나의 하나님이 누구신지 그에게 반드시 증명할 것이라 마음먹었다.

마침내 그들의 변화된 목소리를 듣다

기도하지 않은 사람들 손에 내 책을 맡긴 것을 안타까워했다. 내 책은 나의 자서전이다. 그러나 내가 하나님의 말씀을 따라 살아온 기록이므로 하나님의 말씀에 관한 책이다. 그들이 하나님의 말씀을 쓴 책을 다룰 때 일하기 전에 기도하고 일한 뒤에 기도해야 한다.

그러나 그들은 기도하지 않는다. 나는 주님께 사과하는 마음이었다. 주님께 무엇인가 잘못한 것 같았다. 그러나 막다른 상황에서 그들을 선택할 수밖에 없었다. 내가 그 외에 무엇을 할 수 있었던가?

책을 펴낼 출판사를 정하기 전에 기도를 많이 했다. 한국의 출판사와 미국의 출판사 양쪽 다 하나님의 인도하심을 따랐다고 확신했다. 그럼에도 불구하고 어쩌다가 기도하지 않는 사람들의 손에 내 책을 맡기게 되었나? 이해할 수가 없었다.

내 마음은 무거웠고 그들을 택한 것이 유감스러울 뿐이었다. 그러나 매일 홍 사장님과 미국 프로젝트 매니저 크리스 월터 씨를 위해 기도했다. 나는 그들이 하나님께 나아오기를 기도했고, 그들의 출판 사업이 내 책으로 인해 축복받기를 매일 기도했다.

그렇게 매일 기도한 지 두세 달이 지났을 때 홍 사장님께서 주님께 나왔다는 소식을 들었다. 그는 과거 교회에 다녔으나 언젠가부터 교회에 나가지 않았다고 했다. 그가 한국에서 주일 예배에 참석하기 시작한 것이다. 그가 교회에 나가게 된 것에 대한 언급이 없어서 모르고 있었다. 나는 그 소식을 듣고 큰소리로 통곡하면서 울었다. 슬프고 억울해서 우는 것이 아니고 승리와 환희의 통곡이었다. 하나님께서 그를 사랑하시고 그의 마음에 믿음을 주셨다.

하나님께서 자신의 사랑을 홍 사장님께 보이셨다. 이 하나님의 사랑은 책이 출판되기 전 교정 작업을 하고 있을 때 홍 사장님께 오셨다. 너무 기뻐서 며칠 동안 그저 행복하기만 했다. 하나님의 구원이 나의 출판사 사장님께 임했기 때문이었다. 하늘의 천사들도 기뻐하시고 나는 그 기쁨에 동참했다.

월터 씨는 내 책을 마케팅하는 방법과 돈 버는 방법을 말해주는 적극적인 출판사 매니저였다. 그의 말에서 하나님의 영을 느낄 수 없었다. 그가 내 책을 읽으며 하나님께 나오리라고 확신했다.

나는 그가 내 책을 읽도록 도전하기로 결심했다. 그때 첫 번째 책은 이미 출판되었고, 두 번째 책은 출판 과정에 있었는데, 그는 내 두 번째 책을 자신의 이메일에 그대로 가지고 있었다.

내가 '나의 책을 읽으셨나요?'라고 묻자 '아니오'라고 답했다. 그가 읽을 때까지 열 번을 묻기로 작정했다. 열 번 후에도 읽지 않으며 또 다음 열 번을, 그 다음 열 번을…. 그가 읽을 때까지 묻기로 작정했다. 그는 편집자가 아니고 매니저였으므로 직무상 읽어야 할 의무는 없었다.

며칠 후 다시 물었다.

"내 책을 읽었나요?"

"네."

이전과는 다른 그의 변화된 목소리를 들었다. 그는 이제 비즈니스맨으로서만 말하지 않았다. 마음이 하나님의 감동을 받은 사람으로 말했다. 월터 씨는 나의 두 번째 책 〈반지하〉 원고를 읽었는데, 하나님께서 그의 마음을 감동시키신 것이다.

나는 감격하여 소리내어 울었다. 감사와 환희의 눈물이었다. 하나님께서 그를 이 세상에서 자신에게 인도하시고 사랑을 드러내셨기 때문이었다. 하나님의 구원이 나의 프로젝트 매니저에게 온 것이다. 한 영혼이 하나님께 왔으므로 하늘의 천사들도 나와 함께 기뻐하셨다.

그러자 내가 해결할 수 없었던 퍼즐이 풀렸다. 그 퍼즐은 '왜 하나님은 나의 책을 일 시작 전에 기도하고 일 끝나고 기도하는 크리스천 출판사에 내 책을 맡기시지 않고 기도하지 않는 출판사에 맡기셨나?'였다.

그것은 실수가 아니었다. 하나님은 실수를 하지 않으신다. 내 책을 그들에게 보내신 것은 하나님의 계획이셨다. 하나님은 내 책을 어둠 가운데 두셨고, 내 책은 어둠 속에서 하나님의 빛을 비추고 있었다.

나의 책을 지구에서 가장 어두운 곳으로

우리는 밝은 곳에서는 불을 켜지 않는다. 우리는 어둠 속에서 불을 켠다. 밝은 곳에는 전등을 켤 필요가 없고 어두운 곳에서만이 전등이 필요하다.

나의 책들의 원고가 그저 한국의 크리스천 출판사로 갔더라면 현재의 두 출판사 분들은 그대로 어둠 속에 있었을 것이다. 그러나 감사하신 하나님께서 내 책을 현재의 두 출판사 분들의 손에 두셔서 그분들을 하나님께 나오도록 인도하신 것이었다.

하나님은 놀라우신 분이시다. 내가 어찌 하나님의 하시는 길을 헤아릴 수 있단 말인가?

하나님께서는 처음부터 올바르게 하고 계셨다. 그러나 나는 하나님께서 뭘 하시는지 이해를 하지 못하며, 기도하지 않는 출판사를 택한 것에 대해 계속 오해해서 하나님께 송구스럽고 미안한 마음이었다.

> 이는 내 생각이 너희의 생각과 다르며 내 길은 너희의 길과 다름이니라. 여호와의 말씀이니라. 이는 하늘이 땅보다 높음같이 내 길은 너희의 길보다 높으며 내 생각은 너희의 생각보다 높음이니라.
>
> [이사야 55: 8~9]

이제 모든 것이 분명해졌다. 하나님께서는 내 책들을 어둠에 두셔서 어둠 속에서 하나님의 빛을 비추게 하신 것이다. 하나님께서 그렇게 하고 계셨기 때문에 나도 똑같이 할 거라고 작정했다.

내 책을 어두운 곳으로 보내겠다고 마음먹었다. 원래의 배포 계획은 크리스천들과 교회가 그 대상이었다. 그러나 그 원래의 계획과 방향을 바꾸었다. 크리스천들과 교회는 이미 하나님의 빛 가운데 있다. 내 책들을 어두운 곳으로 보낼 것이다. 내 책들은 어두운 곳, 지구상에서 가장 어두운 곳에 가서 하나님의 빛을 비출 것이다.

지구상에서 가장 어두운 곳이 어디일까? 나의 답은 감옥이었다.

우리 모두는 각자 인생의 어느 시점에서 가장 컴컴한 어둠에 직면한다고 생각한다. 우리가 어둠에 직면하나 그래도 자유가 있고 생활필수품을 소유할 수가 있다. 감옥에서 가장 컴컴한 어둠 속에 있는 수감자들은 자유가 없고 생활필수품마저도 소유의 제한이 있다. 감옥 생활은 얼마나 어두울까? 그곳에는 인간의 가장 컴컴한 어둠이 있다. 나는 감옥에 있는 모든 수감자들이 하나님께서 그들과 함께하시는 것을 알기를 바란다. 하나님께서는 내 책의 방향을 빛의 장소에서 어둠의 장소로 옮기셨기 때문이다.

그때부터 내 책을 감옥에 보낼 수 있도록 적극적으로 기도하기 시작했다. 한국에 있는 감옥에 1500권을, 미국에 있는 모든 감옥에 3000권을 보낼 수 있도록 기도했다.

감옥에 대한 기사들을 읽기 시작했다. 내가 감당할 수 있는 것 이상으로 무서웠다. 나는 감옥 가까이 가고 싶지 않았다. 그러나 하나님께서 수감자들에게 향하시니 나 역시 수감자들에게 향하는 것이다. 감옥에 갇힌 수감자들을 향한 하나님의 사랑은 그 깊이를 헤아릴 수 없다. 하나님의 사랑은 하늘의 공기와도 같고 바다의 물과도 같다.

한국에 있는 감옥에 1000권을 보내고, 미국에 있는 감옥에 2000권을 보내려면 경비가 얼마나 들까 계산해보았다. 대략 5만 달러가 나왔다. 내게는 그만 한 돈이 없었다. 다른 사람들에게 기부를 요청해야 하나? 정말 그러고 싶지는 않았다. 그럴 바에야 아예 아무것도 하지 않는 것이 더 나았다. 그러면 가진 돈도 없고, 기부하라고 요청하기도 싫으니 시작하기도 전에 포기해야 하나?

그때 하나님의 말씀이 내 마음에 들어왔다. 요한복음 6장 1~13절 말씀으로, 예수님께서 5000명의 무리를 먹이신 말씀이었다.

예수님께서 제자들에게 물으셨다.

"우리가 어디서 떡을 사서 이 사람들을 먹이겠느냐?"

그곳에는 약 5000명의 남자들이 있었다. 내가 경비를 계산했던 것처럼 빌립이 5000명 먹을 음식 값을 급히 계산했다. 나의 경비는 5만 달러였다. 빌립의 경비는 남자의 8개월치 월급이었다. 요즘에는 남자 한 사람이 한 달에 얼마를 버나? 세금을 제하고 4,000달러라고 치자. 4000×8=3만2000달러. 빌립의 대답은 "우리는 그런 돈이 없으므로 5000명의 배

고픈 남자들을 먹일 수 없습니다"였다. 나 자신이 꼭 빌립하고 똑같았다.

안 돼! 나는 빌립 같아서는 안 돼!

나는 안드레 같아야 해!

나의 책, 그리고 보리떡 다섯 개와 물고기 두 마리

안드레는 예수님께 보리떡 다섯 개와 물고기 두 마리를 가져왔다. 그 음식은 안드레 자신의 것이 아니고 한 소년의 것이었다. 안드레는 그 소년이 자기 음식을 포기하도록 어떻게 설득했나? 나에게는 그것이 핵심이었다. 그러나 성경은 어떻게 안드레가 소년의 손에 있던 음식을 가져왔는가 설명하지 않았다. 그것이 핵심이 아니고 중요하지 않기 때문이었다. 그러나 그것은 다른 사람들에게서 기부를 받는 것으로 해석했다. 나는 그렇게 하고 싶지 않아 안드레의 행동도 본받을 수 없었다.

그러나 감옥에 책 보내는 기도는 계속했다. 내가 계속 기도하면 하나님께서 내게 5만 달러의 수입을 허락해주셔서 내 돈으로 책을 보낼 수 있을 것이라고 생각했다. 하나님께서 나의 기도를 어떤 방법으로 이루어주실지 모르는 일이다.

달라스에서 열린 CMI '국제성경수양회 2024'에 참석했다. 나에게 책의 출판에 관해 15분간 말할 수 있는 기회가 주어졌다. 나는 청중에게 한국과 미국에 있는 감옥에 내 책을 보낼 수 있도록 기도 부탁을 했다.

수양회에 참석했던 고던과 게일 부부Gordon and Gael Smith가 이것을 자신들의 사명으로 영접했다.

수양회에서 돌아오자마자 고던 씨는 텍사스주에 있는 감옥 한 곳씩 전화와 이메일로 연락하기 시작했다. 그는 수양회에서 가져온 조시 김Josh Kim 의사 선생님의 십자가 메시지와 나의 간증을 많이 복사하여 텍사스주에 있는 모든 감옥에 보냈다. 그중 한 교도소의 목사님께서 응답하셨고, 고던 씨는 우편 주소를 받았는데, 그 주소는 '사형수Death Row'로 시작했다. 사형선고를 받은 죄수들을 수용하는 감옥이라고 생각되었다.

고던과 게일 부부와 나는 누가복음 23장 30~43절을 함께 공부했다.

예수님은 사형선고를 받은 사형수이셨다. 예수님 양쪽으로 두 사형수들이 십자가에서 처형되었다. 십자가에 못 박힌

한 강도는 예수님을 조롱했다. 다른 한 강도는 죽음이 끝이 아니라 죽음 뒤에 예수님의 왕국이 있고 생명이 있는 것을 믿었다. 이 믿음으로 그는 영원한 죽음에서 영원한 생명으로 옮겨졌다. 십자가 위에서 그는 횡재 대박을 얻었다.

> 이르되 "예수여, 당신의 나라에 임하실 때에 나를 기억하소서" 하니 예수께서 이르시되 "내가 진실로 네게 이르노니 오늘 네가 나와 함께 낙원에 있으리라" 하시니라.
>
> [누가복음 23: 42~43]

그가 지은 모든 죄는 용서받았다. 주님께 그의 믿음을 귀하게 여기셨다. 나는 사형 집행을 기다리는 모든 사형수들이 똑같은 횡재 대박을 찾을 수 있기를 기도드린다. 그들의 도착지는 정죄가 아니고 낙원이다.

주님께서 고던과 게일 부부를 감옥 사역의 동역자들로 허락하셨다. 우리는 전화로 서로 모여 함께 기도한다. 하나님께서 내 책을 감옥에 보내는 문을 열어주셨다. 휴스턴 CMI 교회에서 25권을 사형수 감옥에 보내주었다. 나에게는 5만 달러가 없었다. 나는 감옥에 책을 보낼 수 없다고 생각했다.

그러나 하나님께서는 고던과 게일 부부를 동역자로 허락하시고 당장 손에 돈이 없어도 우리가 가진 것, 즉 기도와 교도소 접촉으로 한 걸음 한 걸음 나아가게 하셨다.

오셔서 이 문제를 해결해 주십시오

기도 후에 나의 십일조를 매달 감옥에 책 20권씩을 보내는 데 쓰기로 했다. 그것이 내가 주님께 드리는 오병이어五餠二魚, 다섯 개의 떡과 생선 두 마리인 것을 깨달았다.

> 이르시되 너희에게 떡 몇 개나 있는지 가서 알아보라 하시니.
>
> [마가복음 6: 38]

제자들은 다섯 개의 떡과 생선 두 마리를 가져왔다. 굶주린 5000명에게 먹이기에는 턱없이 부족했다. 예수님은 떡 다섯 개와 생선 두 마리를 받으시고 축복하셨다. 떡 다섯 개와 생산 두 마리는 불어나고 불어나고 계속 불어났는데, 5000명 남자들이 배불리 먹고도 남을 만큼 불어났다. 아마도 제자들이 음식을 담아 나누어주는 바구니 안에서 불어난 것 같다. 음식이 불어나는 것은 나의 역할이 아니다. 나의 역할은 매달 나의 십일조를 드려서 책을 감옥에 보내는 것이다. 이 달에 감옥 4곳에 16권을 보내기로 했다.

그러나 주문을 하려고 보니 내 책 〈반지하〉가 아마존에서 사라져버려서 살 수가 없었다. 그 책이 아마존에 다시 나올 때까지 기다려야 했다. 고든 씨가 아마존에 전화했더니 책이 다 나가고 없다고 직원이 말하더라고 했다. 책이 다 팔린 것하고 아예 사라져버린 것하고 차이가 있다. 감옥에 책을 보낼 수 있는 길이 막혀버려서 며칠을 울었다. 게일 씨가 기도로 위로해주셨다.

나는 울면서 기도했다.

"주님, 저는 책 쓰는 것, 책 출판하는 것에 대해 아무것도 몰랐는데 주님께서 지금까지 도와주셨습니다. 그러나 이것은 정말 감당하기 힘이 듭니다. 이 책에 무슨 일이 일어났는지 모릅니다. 사라져버렸습니다. 오셔서 이 문제를 해결해 주십시오."

연락이 닿은 프로젝트 매니저가 기술상의 문제가 있어서 그러니 일주일 이내로 해결될 것이라고 대답했다. 그 말에 스트레스에서 풀려나 하나님께 울부짖기를 마쳤다.

며칠 전 나의 친구 문세연 사모님에게서 전화가 왔다. 내가 감옥에 보내고자 했던 16권의 책값을 자신이 지불하겠다고 나섰다. 나의 이웃은 자기에게 아마존 선불카드가 2장 있는데 그 카드로 감옥에 책을 보내겠다고 했다.

나는 고던과 게일 부부와 내가 드린 떡 다섯 개와 생선 두 마리를 주예수님께서 벌써 불리고 계시는 것을 느꼈다.

15

예수님의 복음 vs 나의 복음

다시 오실 때 저를 기억해주십시오.
제가 여기에 있습니다.

매일 아침 나의 묵상과 기도

내가 이런 병, 저런 병으로 병치레를 할 때, 나의 기도는 점점 약해지고 짧아져서 하루에 겨우 5~10분 정도 기도할 뿐이었다.

그러나 책을 쓸 때는 끊임없이 기도해야 했고, 주님께 무엇을 쓸까요, 어떻게 쓸까요 계속 물어야 했다. 책 2권을 쓰고 나니 기도의 영으로 충만하게 되었다. 나의 기도 생활은 새로운 차원으로 강화되었다.

나의 아침 기도는 거의가 하나님에 대한 묵상이다. 창조주

이신 하나님, 구세주이신 하나님, 주권자이신 하나님….

나는 창세기 1장에 기초하여 창조주 하나님을 묵상한다. 창조주 하나님은 전지전능하신 능력과 사랑의 하나님이시다. 전능하신 능력과 사랑으로 깊은 흑암과 혼돈 상태에서 세상을 창조하셨다. 그것은 사랑이다.

그다음 하나님의 사랑을 묵상한다. 하나님의 사랑은 순결하고, 거룩하고, 아름답고, 전능하고, 죽은 자를 살리는 부활이고, 모든 생명의 근원이고, 겸손하고 인간의 모든 죄보다 더 큰 사랑이고, 사랑의 명령이고, 희생적이다. 하나님은 자신의 외아들을 십자가 위에서 우리 죄를 대신해서 죽는 희생 제물로 주셨다.

그다음으로 십자가 위에서 고난당하시는 예수님을 묵상한다. 주님께서 자신의 생명을 십자가 위에 드리고, 자신이 짓지 않은 남의 죄 때문에 남을 대신하여 처벌 받으시는 것은 나의 인간의 마음으로 상상할 수가 없다. 주님은 십자가 위에서 죽음의 아픔을 약 6시간 동안 당하시고 마지막으로 "다 이루었다" 말씀하시고[요한복음 19: 30] 숨을 거두셨다. 이 부분은 예수님의 마음의 깊이를 나의 인간의 마음으로 헤아릴 수가 없다. 나는 다만 감사할 뿐이다.

나는 주님께 고백한다.

“주예수님, 당신은 나의 구세주이십니다.”

“저의 모든 죄를 주님의 피로 깨끗이 씻어주신 것을 감사합니다.”

이렇게 고백한 뒤 다음으로 옮겨간다. 주님의 죽음, 무덤에 묻히심, 3일 만에 부활하심, 제자들에게 40일간 부활하신 자신을 보여주신 것, 40일 끝에 승천하신 것, 하나님 오른편에 앉으사 아직 이 세상에 있는 자신의 백성들과 교회를 위해 기도하시고 도와주시는 주님, 휴거携擧, rapture 때 다시 오시고, 세상을 심판하러 세상 끝에 다시 오실 주님, 나의 묵상은 다음 기도로 마친다.

“주님, 다시 오실 때 저를 기억해주십시오. 제가 여기에 있습니다.”

매일 아침 이렇게 묵상과 기도를 한다.

나의 복음과 주님의 복음

하루는 이렇게 기도하고 있었다.

“주님, 저의 모든 죄를 주님의 피로 씻어주셔서 감사합니다.”

그 다음으로 예수님의 죽음과 무덤에 묻히신 대목으로 나아가야 할 차례였다. 그러나 예수님의 죽음으로 나아가기 전, 나는 주님의 피가 나에게서 떠나 내 원수들에게 가서 내 원수들의 모든 죄를 씻으시는 것을 보았다. 나에게 하신 것처럼 똑같이 내 원수들에게도 하셨다. 이것은 내 두 눈으로 본 것이 아니고 내 마음으로 본 것이다.

나는 방금 주님께서 하신 일을 보고 의아해했다.

무엇인가 이상했다.

그것은 내가 이때까지 믿어 온 바가 아니었다.

그때까지 주님께서는 나의 모든 죄를 그 피로 씻어주시고 나의 원수들은 벌하시는 것으로 믿었다. 나는 그렇게 믿고 있었다. 그들은 나의 결혼 생활을 파괴했고, 나의 가족은 말할 수 없는 고생을 했다.

그들은 벌을 받아야 마땅하다. 그런데 주님은 그들을 벌하지 않으시고 자신의 피로 그들을 씻어주신 것이다.

그들에게서 용서해달라는 한마디를 들은 적이 없다. 한 분이 미안한 마음으로 나에게 다가왔으나 만나기를 거절했다. 그의 접근은 ‘실수를 사과한다’는 것이었다. 나는 ‘죄의 고백과 용서'를 구하면 받아주겠다고 생각했다. 이 둘 사이에는 큰 차이가 있다.

그들은 나와 내 가족에게 지은 죄 때문에 주님으로부터 벌을 받아야 마땅하다. 나는 피해자다. 어떻게 그들이 나와 똑같이 대우받을 수 있나? 피의자와 피해자가 똑같이 취급될 수 있나? 그것은 옳지 않다.

그러나 주님께서는 주님의 피로 나를 씻으신 후, 나의 원수들도 씻으시는 것을 보여주신 것이다. 이 점에 대해 종일 생각한 뒤 결론을 지었다. 나는 예수님의 복음과 다른 나만의 복음을 가지고 있었다.

나의 복음 : 주님은 그 피로 나의 모든 죄를 용서하시고 내 원수는 벌하신다.

주님의 복음 : 주님은 그 피로 나의 모든 죄를 용서하시고 내 원수의 죄도 용서하신다.

주님께서 나와 내 원수를 똑같이 대하시는 것이 섭섭했다. 그러나 그 이유를 알게 되었다. 주님은 이 세상 만민의 구주로 오셨다. 주님은 나의 구세주이시고, 또 나의 원수의 구세주이시다.

주님의 말씀 중에는 내가 이해도 할 수 없고 순종도 할 수 없는 말씀이 있다.

> 나는 너희에게 이르노니 너희 원수를 사랑하며 너희를 박해하는 자를 위하여 기도하라.
>
> [마태복음 5: 44]

만민의 구주이신 예수님의 입장에서 볼 때, 왜 주님께서 그렇게 말씀하셨는지 조금 이해가 되었다. 주님은 나의 원수도 구원하시기를 원하신다. 내가 원수를 위해 기도할 때 나는 원수를 구원하시고자 하시는 예수님 사역에 동참하게 되는 것이다.

이 하나님의 가르치심은 용서에 관해 계속되는 수업이었다. 그 수업은 단계적 시리즈로 이어져 왔고, 각 단계마다 용서의 의미가 더 깊어져 갔다.

나의 첫 번째 책 〈나는 저자에게 물었다〉의 결론이고자 한 포인트는 용서였다. 나는 성경에서 용서에 관한 말씀을 골라 묵상하고 그 의미를 이해한 뒤에 책의 마지막 장에 확신을 가지고 썼다.

포인트는 이런 것이었다. 예수님께서 우리를 용서하셨으니 우리도 우리의 원수를 용서해야 한다. 그러나 우리 원수를 용서하지 않으면 하나님께서 우리 죄를 용서하신 것을 취소하실 것이다.[마태복음 18장: 21~35]

책은 인쇄되고, 출간되고, 이 가르침을 가지고 세상으로 나갔다. 용서에 대해 다 아는 것처럼 생각하면서 글을 썼으나 하나님 보시기에는 시작에 불과했다. 나는 다만 용서의 의미에 대해 관심을 갖기 시작한 것이었다.

나에게 잘못한 사람들을 용서해야 한다는 것을 머리로는 알고 있었으나 마음에 씁쓸한 감정은 그대로 지니고 있었다. 내가 예수님의 복음과 다른 나만의 복음을 가지고 있던 것을 모르고 있었다. 나만의 복음은 주님께서 그 피로 나의 모든 죄를 씻어 용서하셨으나 내 원수들은 벌하신다는 것이었다. 이런 나 나름대로의 복음은 하나님의 용서의 사랑이 내 마음 속에 들어오지 못하게 막고 있었다.

그것은 마치 고속도로 톨게이트에 차가 멈춰서 길이 막힌 것과 같았다. 나 자신의 복음은 내 마음으로 흘러 들어와야 할 하나님의 용서의 흐름을 막고 있는 톨게이트와 마찬가지였다. 나만의 복음은 제거되어야 했는데, 나는 그것을 모르고 있었다. 내가 이것을 인식하지도 못하고 할 수도 없었기에 주님께서 자신의 피로 내 원수를 씻으시는 것을 보여주신 것이었다.

주님께서 나만의 구세주가 아니요, 내 원수의 구세주, 즉 이 세상 모든 사람들의 구세주이심을 영접한 후로 나의 좁은 마음은 조금씩 커지고 넓어지면서 더 많은 사람들을 내 마음에 영접하게 된 것을 느꼈다.

사람들을 반기는 것이 자연스럽고 편안했다. 목사직을 맡고 있을 때는 다른 사람을 포용하는 것은 의무이자 책임이었다. 나는 작고 좁은 마음으로 다른 사람을 억지로 사랑하려고 나 자신을 강요했다. 그러나 내 마음이 커지고 넓어지니, 다른 사람을 영접하고 사랑하는 것이 자연스럽고, 쉬워지고, 즐거웠다.

용서의 더 깊은 의미

이처럼 나만의 복음이 예수님의 복음을 막고 있었다는 것을 이해하고 받아들인 후 3~4개월의 시간이 지났다. 지난

2024년 6월 초 하나님께서는 또다시 용서의 더 깊은 의미를 가르쳐주셨다.

어떤 신도는 꿈 이야기를 싫어한다. 나도 꿈 이야기를 하지 않으려고 조심한다. 그러나 꿈이 내가 설명할 수 있는 유일한 방법이면 할 수 없이 꿈을 언급한다. 내가 기록한 꿈을 그대로 옮겨 적는다.

용서의 더 깊은 의미

2024. 6. 6. 아침 6시 30분

꿈에 나는 버스 안에 있었다. 버스 안에는 대학생 정도 나이의 젊은 사람들이 있었다. 버스 안은 꽉 차지 않고 좌석의 약 반 정도 승객들이 있었다. 일반 시내버스가 아니고 한 그룹이 탄 전용 버스였다.

나는 금방 내려야 했기에 버스의 맨 앞좌석에 앉아 있었다. 나는 꽃화분 대여섯 개를 가지고 있었다. 버스 뒤쪽에 교회 지도자가 앉아 있었다. 그는 젊어 보였고 그가 타락하기 전에 가졌던 순수한 모습을 하고 있었다.

버스가 우리 집 가까이 다가왔다. 버스는 큰길을 지나고 있었는데, 우리 집으로 가려면 왼쪽으로 꺾어야 했다. 나는 버스가 우리 집이 있는 거리로 가려고 좌회전하는 것을 원하지 않았다. 그들이 나를 큰길에서 내려주기를 원했다. 그러면 내 화분을 하나씩 집으로 옮길 예정이었다. 내 물건을 챙기는 데 아무 문제가 없었다.

그러나 버스는 왼쪽으로 우리 집 앞에 도착하여 내가 화분을 옮기려고 몇 차례 왔다갔다하는 번거로움을 덜어주었다. 이것은 내가 요청해서 된 것이 아니고 버스 안에 있던 지도자와 그 일행이 나를 배려해서였다. 그들의 친절한 행동을 기대하지 않았다. 그들의 친절이 매우 불편했다. 나에게 그런 행동을 하지 않았으면 좋겠다. 그리고 꿈에서 깨어났다.

나는 이 꿈을 통해 용서의 의미를 생각했다.

나의 용서의 의미란 : 나는 그들을 용서했다. 그들을 더 이상 저주하지 않는다. 그들의 가족을 더 이상 저주하지 않는다. 나는 더 이상 그들을 미워하지 않는다.

그러나 아직 내 안에 이것을 가지고 있다 : 내 곁에 오지 마. 당신들 보고 싶지 않아. 같은 밥상에서 먹고 싶지 않

아. 당신들하고 같은 버스에 타고 싶지 않아. 내 가까이 오지도 말고 말도 하지 마.

그런데 내 꿈에 그들은 버스를 돌려 내 집 앞까지 오는 친절함과 배려를 보여주었다.

'노, 노, 노, 노. 제발 그러지 마. 나를 가만히 놔둬. 나는 너희들에게 알레르기가 있어. 부탁이 하나 있어. 나를 상관하지 말고 가만히 놔둬.'

그들과는 전혀 아무것도 하고 싶지 않았다. 이것이 내가 생각하고 실천하고 있던 용서의 의미였다.

하나님께서는 꿈을 통해 나에게 무엇을 가르치려 하시나? 나는 그들을 용서했다. 그러나 마음은, 한 맺힌 마음은 닫혀 있었다. 나는 우정의 관계성을 거부했다. 하나님의 눈에는 이것은 용서가 아니었다. 하나님께서는 내게 부족한 점을 보여주셨다. 나는 그것을 꿈에서 보았다.

꿈에서 그것을 보지 않았더라면 나의 부족함을 인식할 수 없었을지 모른다. 하나님께서는 내가 나의 마음을 열고 친구의 관계를 갖기를 원하신 것이다. 이것이 용서의 더 깊은 의미였다.

그들과 친구하라고? 노, 노, 노, 노…. 그렇게 하고 싶지도 않고, 할 수도 없었다. 나는 용서의 더 깊은 의미를 거부했다. 그것에 대해 생각하고 싶지 않았다. 나의 마음과 귀를 닫아버렸다. 그것을 다루고 싶지 않아서 멀리멀리 도망가버렸다.

몇 주가 지난 뒤 하나님의 가르침 앞에 돌아와서 마음 문을 실오라기만큼 작게 열었다. 나는 하나님이 옳다는 것을 받아들이려 했다. 나의 좁고 작은 마음이 하나님의 옳은 가르침을 한꺼번에 받아들일 수 없었다. 아주 천천히 내가 거리를 두었던 사람들에게 마음을 열기 시작했다. 그들 곁에 앉아 먼저 대화를 시작했다. 지금까지는 그들이 좋은 사람들이고 마음이 따뜻하다는 것을 느꼈다. 그들과의 대화도 탈없이 즐겁게 끝났다.

이제야 배우기 시작한 '용서는 무엇인가?'

주님께서는 내가 마음에 섭섭함이 있어 멀리했던 사람들과 우정의 관계를 쌓아 가도록 기다리고 계신다. 하나님의 용서에는 인간의 마음으로 이해할 수 없고 헤아릴 수 없는 더 깊은 뜻이 있다고 생각한다. 실상 나는 다음 단계의 더 깊고 깊은 용서의 의미에 약간 겁이 난다. 하나님께서는 내 마음을 더 크게, 더 깊게 늘려 가시면서 한 걸음, 한 걸음 인도하고 계신다.

용서란 전혀 모르다가 공부를 통해서 정체를 알 수 있는 것이 아닌 것 같다. 마음이 자라주어야 하는 것이다. 마치 어린 아이가 어른으로 자라듯이 인간의 마음에서 하나님의 마음으로 성장해가는 과정이다.

나중에 내 책을 읽는 독자들을 위해 기도했다. 내 책을 읽은 후 하나님께 나아오고자 하는 분들이 있을 것이다. 나는 그들을 위해 기도했다. 하나님께 그들을 당신의 아들과 당신의 딸로 영접해주시라고 기도 드렸다. 당신의 자녀들로 사랑해주시고 키워주시라고 기도 드렸다.

그리고 나는 주님께서 그렇게 하시는 것이 얼마나 힘든지 알고 있었다. 나 자신은 내 원수와 관계성을 갖는 일에 대해 거절했다. 나는 그들이 베푸는 배려를 거절했다. 나 자신은 행할 수 없던 것을 하나님께서는 해주시라고 요청하고 있는 것이다.

이는 마치 아버지가 딸에게 옳은 일을 하도록 가르치는 것과 같다. 딸은 거절한다. 그러나 딸은 자신은 거절한 일을 아버지에게 해달라고 요청하고 더 큰일도 요구하는 것과 같다. 하나님께서는 내가 마음 문을 열고 친구의 관계를 가질 것을 원하셨으나 나는 싫어서 멀리 도망가버렸다. 나는 주님께 죄인들과 친구가 될 뿐만 아니라 죄인들을 자신의 아들로, 딸로 입양해달라고 요청한 것이다.

우리의 선교사님들은 한국에서 다니던 직장에 사표를 내고, 가족과 고국을 떠나 복음을 가르치러 세계 곳곳으로 나아갔다. 그런 우리는 무엇을 가르치나? 예수님의 피를 통한 하나님의 용서와 구원을 가르친다. 어떻게 가르치나? 하나님의 말씀을 가르친다. 하나님의 말씀을 계속 반복하여 가르치고 또 가르치면 언젠가는 하나님의 용서와 사랑을 믿게 될 것이다.

그런데 우리는 그들에게 무엇을 보여주고 있나? 우리는 실제 삶을 통해 용서가 무엇인가 보여주었나? 아니면 싸우고, 앙심을 품고, 헤어지기를 반복하는 것을 보여주었나? 우리는 싸우고, 헤어지고, 용서치 못하는 것을 보여주려고 다른 나라로 갔나? 아니면 용서가 무엇인지 우리 실생활을 통해 보여주려고 선교지로 나아갔나?

나의 대답은 '노'이다. 나의 실생활을 통해 용서가 무엇인지 보여주지 못했다. 진정한 용서의 의미조차 몰랐다. 나는 이제야 용서의 의미를 배우기 시작했다.

16

인생을 산다는 의미

누구나 인생은 한 번 산다.
실험적으로 살아서도 안 되고, 남들을 따라서 살아서도 안 된다.

돈으로 살 수 있는 사소한 것들

어릴 적 초등학생 때, 미래의 인생을 설계해보았다. 먼저 3000만 원을 만든다. 그 당시 1000만 원은 오늘날 1000만 원보다 100배나 더 가치가 있었다.

첫 번째 1000만 원은 나의 가족을 위해 쓸 거라고 마음먹었다. 먼저 땅을 사고 멋진 삼층집 집을 지을 것이다. 그리고 그 집에 부모님과 오빠와 그의 가족, 언니들과 그들의 가족을 모아 함께 살 것이다.

두 번째 1000만 원은 건물 유지비로, 또 가족들의 생활비로 쓸 것이다.

세 번째 1000만 원은 나 자신의 교육비로, 또 세계를 여행하는 경비로 쓸 것이다. 내가 살고 있는 이 세상이 어떤 곳인지 직접 둘러보고 이해하고 싶었다. 다섯 개의 언어를 공부하고 싶었고, 온 세계를 여행하면서 관광이 아닌 세상의 근본에 대해 이해하기를 원했다.

그러나 나이가 몇 살 더 먹으면서 3000만 원을 만드는 것이 결코 쉽지 않을 거라는 현실을 깨닫기 시작했다. 그때 나의 현실로는 3만 원도 만들 수 없었다. 나는 그런 인생의 청사진을 포기해야 했다.

산다는 것을 다른 각도로 생각해보았다. 무제한의 돈이 있다고 가정하고 내가 무엇인가를 하고 싶은 대로, 쓰고 싶은 대로 쓰기로 상상했다.

돈이 무제한으로 있기 때문에 굳이 바겐세일하는 날까지 기다릴 필요도 없고, 구차하게 쿠폰을 모아 알뜰살뜰 사용할 필요도 없다. 나는 상상의 세계 속에서 돈을 펑펑 썼다. 고가의 고급 주택을 사들이고, 멋진 차도 여러 대 구입하고, 명품 옷과 가방을 사고, 최고급 레스토랑에서 식사를 했다. 그러고 나서 무엇을 더 사고 무엇을 더 해야 할지 몰랐다. 더 이상

사야 할 것도 해야 할 일도 없었다.

그게 전부야? 나는 더 큰 세계를 기대했다. 그러나 돈으로 할 수 있는 것은 고작 그 정도뿐이었다. 그 후 이른바 슈퍼 리치라는 사람들이 돈을 어떻게 쓰는가 관심 있게 보았다. 부유한 사람들이 공통적으로 이 세 가지에 돈을 쓰는 것을 보았다. 호화 저택과 별장, 슈퍼카, 호화 요트, 전용 비행기, 그리고 타락한 생활이었다.

상상 속에서 억만장자가 되어 내가 원하는 대로 돈을 마구 썼다. 그러나 나는 거기서 낙원을 찾지 못했다. 행복 대신 실망, 화려한 표면 속의 빈껍데기만 보게 되었다. 돈이 너무 많으면 지속적인 관리, 안전한 보관을 위한 두려움이 뒤따르기 마련이다.

돈을 많이 벌고 싶었던 돈에 대한 나의 갈증은 상상 속의 체험을 통해 해소되었다. 살 집이 있고, 차 한 대가 있고, 하루 세끼를 먹을 수 있으면 그것으로 족했다. 나의 일생을 좀 더 의미 있는 일에 써야 할 것 같았다.

그럼에도 불구하고 이 땅 위에서 사는 대부분의 사람들은 부자가 되려고 노력한다. 사람들의 치열한 활동과 투쟁은 돈, 돈, 돈을 목표로 한다. 더 많은 돈을 벌기 위해 사람들은 타협하고, 비굴해지고, 거짓말하고, 속이고, 아양 떨고, 유혹하고, 죽이고 또 죽임을 당한다. 얼마나 많은 사람들이 자신이 원하는 만큼의 부를 축적할 수 있었나? 그들은 그 돈을 통해 행복을 찾을 수 있었나?

누구나 인생은 한 번 산다. 인생은 실험적으로 살아서도 안 되고, 남들이 사는 대로 따라서 살아서도 안 된다.

눈에 보이지 않는 끝이 열려 있는 세계

그 후로 나는 진리, 하나님의 세계, 영원한 세계를 추구했다. 먼저 하나님을 찾아야 했다. 6년 동안 하나님을 찾아 헤매었으나 하나님 찾기에 실패했고, 7년째 되던 어느 날 하나님께서 나에게 찾아오셨다. 그것은 나의 삶이 눈에 보이는 육의 세계에서 눈에 보이지 않는 영의 세계로 전환하는 계기가 되었다.

그것은 무한의 세계였다. 눈에 보이지 않는 영의 세계는 무제한, 끝이 열려 있는 하나님의 세계로 향한다. 그것은 돈의 마지막 단계에서 맛보는 실망과 전혀 다르다.

나는 하나님의 세계, 영의 세계에 나의 인생을 걸었다. 내가 나의 인생을 산다는 의미는 성경의 말씀대로 살려고 하는 투쟁이었다.

창조의 과정을 살펴보면 피조물의 창조 전에 하나님의 뜻이 먼저 나온다.

> 하나님이 이르시되 빛이 있으라 하시니 빛이 있었고
>
> [창세기 1: 3]

창세기 1장에서 모든 창조물은 이 순서로 창조되었다.

하나님께서 특정한 창조물이 생기도록 명하시면 그 특정한 물체가 생겨났다. 나도 마찬가지다. 하나님께서 김복순이 있으라 하시니 내가 생겨난 것이다. 인생을 산다는 의미는 나의 존재를 원하시는 하나님의 뜻을 찾아서 그 뜻을 이루는 것이다.

나의 존재 목적을 이룰 수 있는 사람은 오직 나 자신뿐이다. 내가 태어나고 성장한 과정을 통해 나의 내면이 만들어졌고, 형성이 되었고, 나의 존재 목적을 이룰 수 있도록 준비되었다.

나의 일생에 두신 하나님의 목적은 오하이오주 털리도에

서, 그 후에는 텍사스주 휴스턴에서 하나님의 구원의 사역에 동참하는 것이었다.

내 마음의 아름다움이 진정한 나의 소유

한때 시기로 가득 찬 자들에 의해 나의 인생은 나락으로 떨어졌고, 나는 그들을 용서해야 하지만 용서할 수 없는 문제를 안고 살았다.

이 책의 15장에서 용서에 관해 쓸 때, 내가 용서에 대한 깊은 의미를 알아갈수록 용서할 수 없는 나의 협소한 마음이 마침내 점점 넓어지고 깊어지는 변화를 체험할 수 있었다. 그러자 미움이 천천히 물러갔다. 그 자리에 사랑과 연민이 스며들었다. 나라는 인간의 마음이 천천히 하나님의 마음을 닮아가고 있었다.

그 순간 나는 인생을 산다는 의미를 새롭게 깨달았다. 인생을 산다는 의미는 인간의 마음에서 하나님의 마음을 닮아가는 것이다.

눈에 보이는 것을 많이 소유하는 양적인 인생은 일시적인 것이다. 소유권이란 항상 손에서 손으로, 사람에서 사람으로, 한 나라에서 다른 나라로 옮겨간다. 죽음이 오면 모든 소유물의 소유권은 끝이다.

그러나 내 마음의 아름다움은 나와 영원히 함께한다. 내 마음의 아름다움이 진정한 나의 소유가 된다. 내 마음의 아름다움만이 나의 영원한 소유물이고, 나의 영원한 모습이 되는 것이다.

> 인간의 마음에 대해 여러 가지 표현이 있다.
>
> 그는 성인이다.
>
> 그는 천사다.
>
> 그는 친절하다.
>
> 그는 짐승이다.
>
> 그는 짐승보다 못하다.

이 표현들은 한 사람 안에 있는 인간의 마음이 얼마만큼 인간의 마음이고 얼마만큼 하나님의 마음인가를 말하고 있다. 그 차이는 하나님의 용서를 알고 실행하는 데서 온다. 이것이 내가 깨달은 인생을 산다는 의미이다.

나만이 나 자신을 위해 할 수 있는 일

인생을 산다는 의미는 많은 것을 쌓아놓고, 쟁여놓고, 움켜쥐고 있는 것이 아니다. 인생의 참다운 뜻은 자기 안의 동물적인 마음을 씻어내고 순수한 하나님의 마음으로 옮겨가는 그것이다.

그것이 인생을 산다는 진정한 의미이고, 오직 나만이 나 자신을 위해 할 수 있는 일이다.

우리는 평생 동안 그렇게 할 시간이 있다. 그러나 어떤 사람은 죽을 때 성인이 되어 죽고, 어떤 사람은 짐승보다 못한 자가 되어 죽는다.

> 땅의 티끌 가운데에서 자는 자 중에서 많은 사람이 깨어나 영생을 받는 자도 있겠고 수치를 당하여서 영원히 부끄러움을 당할 자도 있을 것이며, 지혜 있는 자는 궁창의 빛과 같이 빛날 것이요 많은 사람을 옳은 데로 돌아오게 한 자는 별과 같이 영원토록 빛나리라.
>
> [다니엘 12: 2~3]

나는 궁창의 빛과 같이 되어 영원히 빛나고 싶다. 나는 그렇게 되는 길을 찾았다. 그리고 나는 그 길을 걷고 있다. 하나님의 집을 향하여 걷고 있다.

나는 맑고 푸른 하늘의 빛과 같이 되어

영원히 빛나고 싶다.

그렇게 되는 길을 찾았다.

그리고 나는 그 길을 걷고 있다.

그의 집을 향하여

—

2024년 12월 1일 1판 1쇄 발행

—

지은이 | 김복순
펴낸이 | 홍영철
펴낸곳 | 홍영사
주소 | 03150 서울시 종로구 우정국로 45-11, 4층 (동산빌딩)
전화 | (02) 736-1218
이메일 | hongyocu@hanmail. net
등록번호 | 제300-2004-135호

—

ISBN 978-89-92700-33-7 (03810)
값 15,000원

—